Gustave Flaubert

Drei Geschichten

1877

Ein schlichtes Herz

Die Legende von Sankt Julian dem Gastfreien

Herodias

„Gustave Flauberts vielleicht überzeugendste literarische Arbeit. Jahrzehnte des Schreibens kumulieren sich zu drei wunderbaren Geschichten, die bei aller Einfühlsamkeit und Nonchalance doch kraftvoll daherkommen und den Leser nachdenklich zurücklassen." Redaktion Gröls-Verlag (Edition I Werke der Weltliteratur)

Redaktionelle Hinweise und Impressum

Das vorliegende Werk wurde zugunsten der Authentizität sehr zurückhaltend bearbeitet. So wurden etwa ursprüngliche Rechtschreibfehler regelmäßig *nicht* behoben, denn kleine Unvollkommenheiten machen das Buch – wie im Übrigen den Menschen – erst authentisch. Mitunter wurden jedoch zum Beispiel Absätze behutsam neu getrennt, um den Lesefluss zu erleichtern.

Wir sind bemüht, ein ansprechendes Produkt zu gestalten, welches angemessenen Ansprüchen an das Preis/Leistungsverhältnis und vernünftigen Qualitätserwartungen gerecht wird. Um die Texte zu rekonstruieren, werden antiquarische Bücher von leistungsfähigen Lesegeräten gescannt und dann durch eine Software lesbar gemacht. Der so entstandene Text wird von Menschen gegen eine Aufwandsentschädigung gegengelesen und korrigiert – Hierbei können gelegentlich Fehler auftreten. Wenn Sie ebenfalls antiquarische Texte einreichen möchten, wenden Sie sich für weitere Informationen gerne an

www.groels.de

Informieren Sie sich dort auch gerne über die anderen Werke aus unserer

Edition | Bedeutende Werke der Weltliteratur

Sie werden es mit 99,054 %iger Wahrscheinlichkeit nicht bereuen.

Die Deutsche Nationalbibliothek verzeichnet dieses Werk in der Deutschen Nationalbibliografie.

Verleger: Marcel Hermann-Josef Gröls, Poelchaukamp 20, 22301 Hamburg.
Externer Dienstleister für Distribution und Herstellung: BoD, In de Tarpen 42, 22848 Norderstedt

Inhalt

Ein schlichtes Herz

I

Ein halbes Jahrhundert lang beneideten die Bürgerinnen von Pont-l'Evêque Madame Aubain um ihre Magd Félicité.

Für hundert Francs im Jahr besorgte sie Küche und Haushalt, nähte, wusch, plättete, konnte ein Pferd anschirren, das Geflügel mästen, Butter machen, und blieb ihrer Herrin treu – die indessen keine angenehme Person war.

Diese hatte einen schönen Menschen ohne Vermögen geheiratet, der zu Anfang des Jahres 1809 starb und ihr zwei ganz kleine Kinder bei einer Unmenge Schulden hinterließ. Da verkaufte sie ihren Grundbesitz, außer den Gütern Toucques und Gefosses, deren Ertrag sich höchstens auf fünftausend Franken belief, und sie verließ ihr Haus in Saint-Melaine, um ein anderes, das weniger Ausgaben verursachte, zu bewohnen; es hatte ihren Vorfahren gehört und lag hinter den Hallen.

Dieses Haus, das mit Schiefer bekleidet war, lag zwischen einem Durchgang und einer Gasse, die zum Fluß herablief. Die Böden im Innern des Hauses waren uneben, was zum Stolpern Anlaß gab. Ein enger Flur trennte die Küche von dem Saal, in dem Madame Aubain sich in der Nähe des Fensters, in einem Strohsessel sitzend, den ganzen Tag über aufhielt. Acht Mahagonistühle reihten sich an der weißgestrichenen Täfelung entlang. Ein altes Klavier trug, unterhalb eines Barometers, einen pyramidenartigen Haufen von Schachteln und Kartons. Zwei gestickte Lehnsessel standen auf beiden Seiten des Kamins aus gelbem Marmor und im Stil Louis XV. Die Uhr in der Mitte stellte einen Vestatempel dar – und das ganze Zimmer hatte einen etwas modrigen Geruch, denn der Fußboden lag tiefer als der Garten.

Im ersten Stock lag zunächst das Zimmer von "Madame", das sehr groß und mit einer blaßblumigen Tapete bespannt war und das Porträt von "Monsieur" in der Kleidung eines Dandys enthielt. Es stand mit einem kleineren Zimmer in Verbindung, in dem man zwei Kinderbettstellen ohne Matratzen erblickte. Dann kam der Salon, immer verschlossen und voller

Möbel, die mit Überzügen bedeckt waren. Endlich führte ein Gang zu einem Studierzimmer; Bücher und Papierkram füllten die Fächer einer Bibliothek, deren drei Teile einen großen Schreibtisch aus schwarzem Holz umgaben. Die beiden Rückwände verschwanden unter Federzeichnungen, Landschaften in Gouache und Stichen von Audran, Erinnerungen an eine bessere Zeit und entschwundene Pracht. Im zweiten Stock erhellte eine Luke das Zimmer der Félicité, mit Aussicht auf die Wiesen.

Sie erhob sich mit der Morgenröte, um die Messe nicht zu versäumen, und arbeitete ohne Unterlaß bis zum Abend; wenn dann das Mahl beendigt, das Geschirr an seinem Platz und die Tür gut verschlossen war, verscharrte sie die glühende Holzkohle unter der Asche und schlief vor dem Herd ein, den Rosenkranz in der Hand. Beim Einkaufen war niemand hartnäckiger im Feilschen. Was ihre Sauberkeit betraf, so brachte der Glanz ihrer Pfannen die anderen Mägde zur Verzweiflung. Sparsam wie sie war, aß sie langsam und las mit dem Finger auf dem Tisch die Krumen ihres Brotes auf – eines zwölfpfündigen Brotes, das eigens für sie gebacken wurde und zwanzig Tage ausreichte.

Zu jeder Jahreszeit trug sie ein Tuch aus feinem Kattun, das im Rücken von einer Nadel festgehalten wurde, eine Haube, die ihre Haare verbarg, graue Strümpfe, einen roten Rock, und über ihrer Jacke eine Latzschürze wie die Krankenpflegerinnen im Krankenhaus.

Ihr Gesicht war mager, und ihre Stimme spitz. Mit fünfundzwanzig Jahren wurde sie für vierzig gehalten. Vom fünfzigsten an schien sie alterslos – und bei ihrer beständigen Schweigsamkeit, mit ihrer geraden Haltung und ihren gemessenen Bewegungen glich sie einer Frau aus Holz, die automatisch ihre Handlungen verrichtet.

II

Wie jede andere hatte auch sie ihre Liebesgeschichte gehabt.

Ihr Vater, ein Maurer, hatte einen tödlichen Sturz von einem Gerüst getan. Dann starb ihre Mutter, ihre Schwestern zerstreuten sich, ein Pächter nahm sie zu sich und ließ sie, so klein sie noch war, die Kühe hüten. Sie zitterte vor Frost unter ihren Lumpen, trank auf dem Bauch liegend das Wasser der Pfützen, wurde beim geringsten Anlaß geschlagen und schließlich wegen eines Diebstahls von dreißig Sou, den sie nicht begangen hatte, fortgejagt. Sie ging auf einen andern Pachthof in Stellung, wurde dort Hühnermagd, und da sie ihren Arbeitgebern gefiel, waren die anderen Mägde auf sie eifersüchtig.

Eines Abends im Monat August (sie war damals achtzehn Jahre alt) nahmen sie sie zur Kirchweih nach Colleville mit. Sie wurde sogleich schwindlig, benommen von dem Lärm der Geiger, den Lichtern in den Bäumen, dem bunten Gemisch der Trachten, den Spitzen, den Goldkreuzen, von dieser ausgelassen tanzenden Menschenmasse. Bescheiden hielt sie sich abseits, als ein junger Mann von wohlhabendem Aussehen, der die Ellenbogen auf die Deichsel eines kleinen Wagens gestützt hatte und dabei seine Pfeife rauchte, sich ihr näherte, um sie zum Tanz einzuladen. Er zahlte ihr einen Most, Kaffee, Kuchen, ein Tuch, und bot ihr, da er glaubte, daß sie seine Absicht errate, seine Begleitung an. Am Rande eines Haferfeldes warf er sie gewaltsam zu Boden. Sie hatte Angst und begann zu schreien. Er suchte das Weite.

An einem andern Abend wollte sie auf dem Weg nach Beaumont einen großen Heuwagen, der sich langsam vorwärts bewegte, überholen, und als sie die Räder streifte, erkannte sie Theodor.

Er redete sie mit ruhiger Miene an und sagte, sie müsse alles verzeihen, da "der Alkohol schuld gewesen sei".

Sie konnte keine passende Antwort finden und hatte Lust, davonzulaufen.

Gleich darauf sprach er von der Ernte und den angesehenen Bürgern der Gemeinde, denn sein Vater hatte Colleville verlassen und war auf den Hof les Écots gezogen, so daß sie jetzt Nachbarn waren.

"Ach!" sagte sie.

Er fügte hinzu, daß man ihn gerne unter die Haube bringen möchte. Übrigens habe er es nicht eilig und warte auf eine Frau nach seinem Geschmack. Sie senkte den Kopf. Da fragte er sie, ob sie nicht heiraten wolle.

Sie erwiderte lächelnd, es sei nicht schön, sich über sie lustig zu machen. – "Aber nein, ich schwöre Ihnen!" und er legte seinen linken Arm um ihren Leib; sie ging, von ihm umfaßt und gestützt; sie verlangsamten ihren Schritt. Der Wind wehte weich, die Sterne funkelten, die ungeheure Heuladung schwankte vor ihnen; und die vier Pferde wirbelten mit ihren schleppenden Tritten den Staub auf. Ohne Weisung wandten sie sich dann nach rechts. Er umarmte sie noch einmal. Sie verschwand im Dunkel.

Die folgende Woche gewährte sie Theodor des öfteren ein Stelldichein.

Sie trafen sich in Hinterhöfen, hinter einer Mauer, unter einem einsamen Baum. Sie war nicht unschuldig in der Art der jungen Damen – die Tiere hatten sie belehrt –, aber Vernunft und Ehrgefühl bewahrten sie vor einem Fehltritt. Dieser Widerstand fachte Theodors Liebe an, so daß er, um seine Leidenschaft zu befriedigen (oder ganz naiv vielleicht), ihr die Heirat vorschlug. Sie wollte zuerst nicht daran glauben. Er leistete heilige Eide.

Bald rückte er mit einem unangenehmen Geständnis heraus: seine Eltern hatten ihm letztes Jahr einen Ersatzmann gekauft; aber jetzt könne man ihn von einem Tag auf den andern wieder einziehen; der Gedanke an den Dienst erschreckte ihn. Diese Feigheit nahm Félicité für einen Beweis seiner Zärtlichkeit; die ihrige verdoppelte sich dadurch. Sie schlich sich des Nachts davon, und wenn sie zum Stelldichein erschien, quälte Theodor sie mit seinen Ängsten und seinem Drängen.

Endlich gab er an, daß er selbst auf die Präfektur gehen wolle, um sich Bescheid zu holen, und daß er ihr diesen am nächsten Sonntag zwischen elf Uhr und Mitternacht bringen würde.

Als der Augenblick gekommen war, lief sie zu ihrem Schatz.

An seiner Statt fand sie einen seiner Freunde.

Er teilte ihr mit, daß sie ihn nicht mehr wiedersehen sollte. Um vor der Aushebung sicher zu sein, hatte Theodor eine alte, sehr reiche Person, Madame Lehoussais aus Toucques, geheiratet. Ihr Kummer war hemmungslos. Sie warf sich zu Boden, stieß Schreie aus, rief nach dem lieben Gott und jammerte ganz einsam auf den Feldern bis zum Sonnenaufgang. Dann kehrte sie auf den Hof zurück und gab ihre Absicht, fortzugehen, kund;

und nachdem sie am Ende des Monats ihren Lohn empfangen hatte, band sie alle ihre kleinen Habseligkeiten in ein Taschentuch und begab sich nach Pont-l'Evêque. Vor dem Gasthof wandte sie sich an eine Bürgersfrau in einer Witwenhaube, die gerade eine Köchin suchte. Das junge Mädchen konnte nicht viel, aber sie schien so viel guten Willen zu haben und so wenig Ansprüche zu machen, daß Madame Aubain schließlich sagte:

"Gut, ich nehme Sie!"

Eine Viertelstunde später hatte sich Félicité bei ihr eingerichtet.

Anfangs lebte sie dort in einem gewissen Furchtgefühl, das ihr "die Art des Hauses" einflößte, und das Andenken an "Monsieur", das über allem lag. Paul und Virginie, das eine sieben das andere kaum vier Jahre alt, schienen ihr aus einem kostbaren Stoff gebildet zu sein; sie trug sie auf dem Rücken wie ein Pferd, und Madame Aubain verbot ihr, sie jede Minute zu küssen, was sie zu Tode betrübte. Dennoch fühlte sie sich glücklich. Die Sanftheit der Umgebung hatte ihre Traurigkeit vertrieben.

Jeden Donnerstag kamen die gewohnten Gäste, eine Partie Boston spielen. Félicité sorgte schon vorher für die Karten und die Fußwärmer. Sie stellten sich Schlag acht Uhr ein und brachen auf, bevor es elf schlug.

Jeden Montagmorgen breitete der Trödler, der unter dem Durchgang wohnte, sein altes Eisen auf dem Boden aus. Alsdann erfüllte sich die Stadt mit einem Stimmengewirr, in das sich das Wiehern von Pferden, das Blöken von Lämmern, das Grunzen von Schweinen nebst dem harten Rattern der Karren auf der Straße mischte. Gegen Mittag, wenn der Markt am lebhaftesten war, sah man einen alten Bauern von hoher Gestalt am Eingang erscheinen, mit der Mütze auf dem Hinterkopf und einer Hakennase; es war Robelin, der Pächter von Gefosses. Kurze Zeit darauf stand Liébard da, der Pächter von Toucques, klein, rot, feist, mit einer grauen Weste und sporenbesetzten Stulpenstiefeln.

Beide boten ihrer Herrin Hühner und Käse an. Ständig machte Félicité ihre schlauen Pläne zuschanden; und sie gingen voller Achtung für sie fort.

In unregelmäßigen Abständen empfing Madame Aubain den Besuch des Marquis von Gremanville, eines Onkels von ihr, der sich durch Schwelgerei ruiniert hatte und zu Falaise auf dem letzten Fetzen seiner Güter lebte. Er fand sich immer zur Frühstücksstunde ein, mit einem abscheulichen Pudel, dessen Pfoten alle Möbel beschmutzten. Trotz seiner Bemühungen, sich als vornehmer Mann zu geben, worin er so weit ging, daß er jedesmal seinen Hut lüftete, wenn er "mein seliger Vater" sagte, verführte ihn doch die Gewohnheit, sich Glas auf Glas einzuschenken und schlüpfrige Dinge zu erzählen. Félicité trieb ihn höflich hinaus: "Sie haben jetzt genug, Monsieur de Gremanville! Bis zum nächsten Mal!" Und sie schloß die Tür.

Gern öffnete sie sie dem Herrn Bourais, einem ehemaligen Advokaten. Seine weiße Krawatte und sein kahler Kopf, seine Hemdkrause, sein weiter, brauner Gehrock, seine Art, eine Prise zu nehmen, indem er den Arm bog, seine ganze Persönlichkeit erzeugte bei ihr diese Verwirrung, in die uns der Anblick außerordentlicher Menschen versetzt.

Da er die Güter von "Madame" verwaltete, schloß er sich stundenlang mit ihr in das Zimmer von "Monsieur" ein, fürchtete stets, sich zu kompromittieren, hatte eine grenzenlose Achtung vor den Behörden und behauptete Lateinisch zu verstehen.

Um den Kindern den Unterricht angenehm zu machen, machte er ihnen eine Erdkunde mit Kupferstichen zum Geschenk. Sie stellten mannigfaltige Bilder aus der Welt vor, federngeschmückte Menschenfresser, einen Affen, der ein junges Mädchen raubt, Beduinen in der Wüste, einen Walfisch, der harpuniert wird, und so weiter.

Paul erklärte Félicité diese Stiche. Das war auch ihre ganze wissenschaftliche Bildung.

Die der Kinder wurde von Guyot besorgt, einem armen Teufel, der, im Rathaus angestellt, wegen seiner schönen Handschrift berühmt war und sein Taschenmesser am Stiefel wetzte.

Wenn gutes Wetter war, begab man sich schon in der Früh nach dem Gute Gefosses.

Der Hof lag an einem Hang, das Haus stand in der Mitte; und in der Ferne erschien das Meer wie ein grauer Fleck.

Félicité nahm aus ihrem Korb Scheiben kalten Fleisches, und man frühstückte in einem Raum, der sich an die Molkerei reihte. Er war der einzige Rest eines nun verschwundenen Lusthauses. Die Fetzen der Tapete an der Wand zitterten im Luftzug. Madame Aubain senkte den Kopf unter der Wucht der Erinnerungen; die Kinder wagten nicht mehr zu sprechen. "So spielt doch!" sagte sie; sie liefen davon.

Paul stieg in die Scheune, fing Vögel, ließ flache Steine über das Wasser des Teiches tanzen, oder er schlug mit einem Stock gegen die großen Fässer, die wie Trommeln dröhnten.

Virginie fütterte die Kaninchen, rannte fort, um Kornblumen zu pflücken, und die Schnelligkeit, mit der sich ihre Beine bewegten, entblößte ihre bestickten Höschen.

An einem Herbstabend kehrte man über die Weiden heim.

Der Mond in seinem ersten Viertel erhellte einen Teil des Himmels, und ein Nebel wogte wie ein Schal über den Windungen der Toucques. Rinder lagen auf dem Rasen und ließen ruhigen Blicks die vier Personen vorübergehn. Auf der dritten Weide erhoben sich einige, dann stellten sie sich in der Runde vor ihnen auf. – "Fürchten Sie nichts!" sagte Félicité, und ein wehmütiges Lied summend, streichelte sie den Rücken des zunächst stehenden; es drehte sich um, und die anderen folgten seinem Beispiel. Aber als man die nächste Weide überquerte, ertönte ein furchtbares Brüllen. Es kam von einem Stier, den der Nebel verbarg. Er näherte sich den beiden Frauen. Madame Aubain wollte anfangen zu laufen. – "Nein! nein! Nicht so schnell!" Sie beschleunigten jedoch ihren Schritt und hörten hinter sich ein kräftiges Schnaufen, das näher kam. Seine Hufe fielen wie Hämmer auf das Gras der Wiese; jetzt galoppierte er! Félicité wandte sich um, und sie riß mit beiden Händen Erdschollen aus dem grasigen Boden, die sie ihm in die Augen warf. Er senkte das Maul, schüttelte die Hörner und zitterte vor Wut, während er schrecklich brüllte. Madame Aubain, die mit ihren beiden Kleinen am Ende der Weide angekommen war, suchte verzweifelt nach einem Mittel, die hohe Böschung zu überwinden. Félicité wich schrittweise vor dem Stier zurück, und ständig schleuderte sie ihm Grasklumpen ins Gesicht, die ihn blind machten, während sie schrie: "Beeilt euch! beeilt euch!"

Madame Aubain stieg in den Graben, half Virginie, dann Paul herüber, fiel mehrere Male bei dem Versuch, die Böschung zu erklimmen, und dank ihrem Mut schaffte sie es.

Der Stier hatte Félicité gegen ein Gatter getrieben; sein Geifer flog ihr ins Gesicht, eine Sekunde später hätte er sie aufgeschlitzt. Sie hatte gerade noch Zeit, sich zwischen zwei Latten hindurchzuwinden, und das schwere Tier blieb voller Verblüffung stehen.

Über dieses Ereignis wurde in Pont-l'Evêque noch nach Jahren gesprochen. Félicité bildete sich nichts darauf ein, da sie nicht einmal ahnte, daß sie etwas Heldenhaftes vollbracht hatte.

Virginie nahm sie ausschließlich in Anspruch; denn sie hatte sich infolge des Schreckens eine nervöse Affektion zugezogen, und Herr Poupart, der Arzt, verordnete Seebäder in Trouville.

Zu jener Zeit wurden diese noch wenig besucht. Madame Aubain zog Erkundigungen ein, befragte Bourais und machte Vorbereitungen wie für eine lange Reise.

Ihre Koffer wurden am Abend vorher von Liébards Wägelchen abgeholt. Am nächsten Morgen brachte er zwei Pferde, das eine mit einem Frauensattel, der mit einer Sammetlehne versehen war; und auf dem Rücken des zweiten bildete ein gerollter Mantel eine Art von Sitz. Madame Aubain stieg auf, und hinter ihr nahm Félicité Virginie zu sich, und Paul bestieg Herrn Lechaptois' Esel, den man unter der Bedingung, gut auf ihn zu achten, zur Verfügung gestellt hatte.

Der Weg war so schlecht, daß seine acht Kilometer zwei Stunden erforderten. Die Pferde sanken bis zu den Fesseln in den Schlamm und machten, um wieder herauszukommen, abrupte Bewegungen mit den Hüften; oder sie stolperten inden Wagenspuren, und zu anderen Malen mußten sie springen. An manchen Stellen blieb die Stute Liébards plötzlich stehen. Er wartete geduldig, bis sie sich wieder in Marsch setzte; und er sprach über die Leute, deren Grundstücke den Weg säumten, und gab zu ihrer Geschichte moralische Betrachtungen. So sagte er in den Mauern von Toucques, als man unter von Kapuzinerkresse umrankten Fenstern vorbeiritt, mit Achselzucken: "Da lebt eine Frau Lehoussais, die, anstatt einen jungen Mann zu nehmen ..." Das übrige hörte Félicité nicht; die Pferde trabten, der Esel galoppierte; alle bogen in einen Fußweg ein, ein Gattertor ging auf, zwei Knaben erschienen, und man stieg vor der Jauchepfütze ab, unmittelbar auf der Schwelle der Tür.

Als Mutter Liébard ihrer Herrin ansichtig wurde, gab sie reichlich ihre Freude zu erkennen. Sie trug ihr ein Frühstück auf, das aus einem Lendenbraten, Kaldaunen, Blutwurst, einem Hühnerfrikassee, Apfelmost, einem Obstkuchen und Branntwein-Pflaumen bestand, während sie das ganze mit Höflichkeiten für Madame würzte, die sich in bester Gesundheit zu befinden schien, für Mademoiselle, das sich "großartig" entwickelt habe, für Monsieur Paul, der erstaunlich "kräftig" geworden, ohne ihre seligen Großeltern zu vergessen, welche die Liébards gekannt hatten, da sie seit mehreren Generationen im Dienst der Familie standen. Der Pachthof zeigte, wie sie selbst, gewisse Alterserscheinungen. Die Deckenbalken waren von Würmern zerfressen, die Mauern rauchgeschwärzt, die Scheiben grau von Staub. Eine eichene Anrichte trug alle möglichen Gerätschaften, Krüge, Teller, Zinngeschirr, Wolfsfallen, Scheren für die Schafe; eine ungeheure Klistierspritze erregte die Heiterkeit der Kinder. Nicht ein Baum in den drei Höfen, der nicht Pilze an seinem Stamm oder in seinen Zweigen einen Mistelbusch gehabt hätte. Der Wind hatte ihrer mehrere umgeworfen. Sie hatten in der Mitte wieder ausgeschlagen; und alle bogen sich unter der Masse der Äpfel. Die Strohdächer, die braunem Samt ähnelten und von ungleicher Dicke waren, hielten den stärksten Sturmwinden stand. Jedoch war die Remise dem Verfall nahe. Madame Aubain sagte, sie wolle sich die Sache angelegen sein lassen, und befahl, die Tiere wieder anzuschirren.

Als man noch eine halbe Stunde Wegs bis Trouville vor sich hatte, stieg die kleine Karawane ab, um die Ecores zu passieren; eine Klippe, die über den Booten hing. Drei Minuten später war man am Ende des Hafendamms und kehrte im "Goldenen Lamm" bei Mutter David ein.

Virginie fühlte sich vom ersten Tag an weniger schwach, was vom Luftwechsel und der Wirkung der Bäder kam. Sie nahm sie in Ermangelung eines Badeanzugs im Hemd; und ihre Bonne kleidete sie in einem Zollhäuschen, deren sich die Badenden bedienten, wieder an. Nachmittags begab man sich mit dem Esel über die Roches-Noires, in Richtung Hennequeville. Anfangs stieg der Pfad zwischen Geländen hinan, die hügelig wie die Rasenflächen eines Parks waren; dann gelangte man auf eine Hochebene, wo Weide- und Ackerland abwechselten. Am Rande des Weges zwischen Brombeerranken reckten sich Stechpalmen; hier und da schrieb ein großer, abgestorbener Baum mit seinen Zweigen Zickzacklinien in die blaue Luft. Fast immer machte man auf einer Wiese Rast, wo man Deauville zur Linken, Le Havre zur Rechten und gegenüber das offene Meer hatte. Es glänzte in der Sonne, glatt wie ein Spiegel, und war so ruhig, daß man kaum seinen Wellenschlag hörte; verborgene Sperlinge zwitscherten, und das alles überspannte die ungeheure Wölbung des Himmels. Madame Aubain hantierte sitzend an einer Näharbeit; Virginie, ihr zur Seite, flocht Binsen; Félicité rupfte Lavendel aus; Paul, der sich langweilte, wollte aufbrechen.

Andere Male setzten sie mit einem Boot über die Toucques und suchten Muscheln. Die Ebbe gab Seeigel, Seepferdchen und Seesterne frei; und laufend suchten die Kinder Schaumflocken zu erhaschen, die der Wind davontrug. Schläfrig fielen die Wogen auf den Sand und rollten den Strand entlang; er dehnte sich, so weit das Auge reichte; nach dem Lande zu begrenzten ihn jedoch die Dünen, die ihn vom Marais trennten, einer hippodromförmigen großen Wiese. Wenn sie von dort zurückkehrten, erschien Trouville in der Ferne auf dem Abhang des Hügels, bei jedem Schritt wachsend, und es schien sich mit all seinen ungleichen Häusern in fröhlicher Unordnung zu entfalten.

An den Tagen, an denen es zu heiß war, verließen sie ihr Zimmer nicht. Die blendende Helle von draußen quetschte Lichtstreifen zwischen die Brettchen der Jalousien. Nicht ein Laut aus dem Dorf. Unten auf dem Bürgersteig kein Mensch. Diese lastende Stille verstärkte die Ruhe über den Dingen. In der Ferne bearbeiteten die Hämmer der Kalfaterer die Schiffskiele, und eine Brise brachte Teergeruch. Das Hauptvergnügen war die

Heimkehr der Boote. Sobald sie die Bojen hinter sich hatten, fingen sie an zu lavieren. Ihre Segel fielen auf Zweidrittelhöhe der Masten; und während das Focksegel sich blähte wie ein Ballon, zogen sie näher, glitten durch das Gekräusel der Wogen bis mitten in den Hafen, wo plötzlich der Anker fiel. Dann legte sich das Boot gegen den Hafendamm. Die Matrosen warfen zappelnde Fische über die Planken; eine Reihe von Karren erwartete sie, und Frauen in Baumwollhauben stürzten herbei, um die Körbe zu holen und ihre Männer zu umarmen.

Eines Tages sprach eine von ihnen Félicité an, die kurz darauf vor Freude strahlend ins Zimmer trat. Sie hatte eine ihrer Schwestern wiedergefunden; und Nastasie Barette, verehelichte Leroux, erschien, einen Säugling an der Brust, an der rechten Hand ein zweites Kind und zu ihrer Linken einen kleinen Schiffsjungen, der die Fäuste in die Seiten stemmte und die Mütze schief auf dem Kopf trug. Nach einer Viertelstunde wurde sie von Madame Aubain verabschiedet. Man begegnete ihnen immer in der Nähe der Küche oder auf den Spaziergängen, die man machte. Der Ehemann zeigte sich nicht.

Félicité faßte Zuneigung zu ihnen. Sie kaufte ihnen eine Decke, Hemden, einen Herd; es war klar, daß sie sie ausnützten. Diese Schwäche ärgerte Madame Aubain, die auch die Vertraulichkeiten des Neffen nicht mochte – denn er duzte ihren Sohn; – und da Virginie hustete und die Saison zu Ende ging, kehrten sie nach Pont-l'Evêque zurück. Monsieur Bourais beriet sie bei der Wahl eines Internats. Das in Caen galt als das beste. Dorthin wurde Paul geschickt; und er nahm tapfer Abschied, zufrieden, fortan in einem Hause zu leben, wo er Kameraden haben würde. Madame Aubain fand sich in die Trennung von ihrem Sohn, weil sie unumgänglich war. Virginie dachte mit jedem Tag weniger daran. Félicité vermißte seinen Lärm. Doch sollte eine neue Beschäftigung sie zerstreuen; von Weihnachten an brachte sie das kleine Mädchen jeden Tag zum Katechismusunterricht.

III

Wenn sie an der Tür eine Kniebeugung gemacht hatte, ging sie unter dem hohen Schiff zwischen der doppelten Reihe von Stühlen nach vorn, öffnete Madame Aubains Bank, setzte sich und ließ ihre Blicke um sich schweifen.

Die Knaben füllten auf der rechten, die Mädchen auf der linken Seite das Chorgestühl; der Pfarrer stand am Pult; auf einem Fenster des Chors schwebte der Heilige Geist über der Jungfrau; ein anderes zeigte sie kniend vor dem Jesuskind, und hinter dem Tabernakel stellte eine Gruppe aus Holz den Heiligen Michael dar, wie er den Drachen bezwingt.

Der Priester gab zuerst eine kurze Zusammenfassung der Heiligen Schrift. Sie glaubte das Paradies zu sehen, die Sündflut, den Turm zu Babel, brennende Städte, sterbende Völker, gestürzte Götzenbilder; und sie behielt von diesen Visionen die Ehrfurcht vor dem Allerhöchsten und die Angst vor seinem Zorn. Wenn sie dann die Leidensgeschichte hörte, weinte sie. Warum hatten sie ihn gekreuzigt, ihn, der die Kinder liebte, der das Volk speiste, die Blinden heilte, und der aus Sanftmut unter den Armen auf dem Mist eines Stalles hatte geboren werden wollen? Die Saat, die Ernte, die Kelter, all die vertrauten Dinge, von denen das Evangelium spricht, sie fanden sich in ihrem Leben; die Anwesenheit Gottes hatte sie geweiht; und zärtlicher noch liebte sie die Lämmer aus Liebe zum Lamm, die Tauben wegen des Heiligen Geistes.

Sie hatte Mühe, sich ihn vorzustellen; denn er war nicht nur Vogel, sondern auch noch ein Feuer und zuweilen ein Hauch. Es war vielleicht sein Licht, welches des Nachts an den Ufern der Sümpfe schwebte, sein Atem, der die Wolken trieb, seine Stimme, welche den Glocken ihren Wohlklang verlieh; und sie saß in ihre Andacht versenkt und erquickte sich zugleich an der Kühle der Mauern und der Stille der Kirche. Was die Dogmen anging, so begriff sie nichts davon, ja, versuchte nicht einmal, zu begreifen. Der Pfarrer redete und redete, die Kinder repetierten, schließlich schlief sie ein; und erwachte mit einem Ruck, wenn die Kinder beim Hinausgehen mit ihren Holzpantinen auf den Fliesen klapperten. Auf diese Weise, nur durch Zuhören, lernte sie den Katechismus, denn ihre religiöse Erziehung war in ihrer Jugend vernachlässigt worden; und von nun an machte sie Virginies sämtliche Übungen mit, sie fastete wie sie, und sie ging mit ihr zur Beichte. Am Fronleichnamsfest schmückten sie zusammen einen Altar.

Die Erste Kommunion nahm ihr im voraus die Ruhe. Sie war in Aufregung wegen der Schuhe, wegen des Rosenkranzes, wegen des Buches, wegen der Handschuhe. Mit welchem Zittern half sie der Mutter, das Kind ankleiden!

Während der ganzen Messe empfand sie eine Herzensangst. Monsieur Bourais verdeckte ihr eine Seite des Chors; doch gerade vor ihr bildete die Schar der kleinen Jungfrauen mit ihren weißen Kränzchen über den herabgelassenen Schleiern etwas wie ein schneebedecktes Feld; und sie erkannte von weitem die liebe Kleine an ihrem zierlichen Halse und an ihrer andächtigen Haltung. Die Glocke ertönte. Die Köpfe neigten sich; es wurde still. Zum Brausen der Orgel stimmten die Sänger und die Menge das Agnus Dei an; dann begann der Vorbeizug der Knaben; und nach ihnen erhoben sich die Mädchen. Schritt vor Schritt gingen sie mit gefalteten Händen auf den über und über erleuchteten Altar zu, knieten auf seiner ersten Stufe nieder, empfingen der Reihe nach die Hostie und schritten in derselben Ordnung wieder zu ihren Bänken zurück. Als Virginie an der Reihe war, beugte sich Félicité vor, um sie zu sehen; und in der Phantasie, welche die wahre zärtliche Liebe verleiht, schien es ihr, als wäre sie selbst dieses Kind; sein Antlitz wurde das ihrige, sein Gewand umgab sie, sein Herz schlug in ihrer Brust; in dem Augenblick, wo es den Mund öffnete, schloß sie die Augen und war nahe daran, in Ohnmacht zu fallen.

In der Frühe des folgenden Tages erschien sie in der Sakristei, damit der Herr Pfarrer ihr die Kommunion reiche. Sie empfing sie andächtig, aber sie empfand dabei nicht wieder die gleiche Wonne.

Madame Aubain wollte aus ihrer Tochter eine wohlerzogene Person machen; und da Guyot sie weder Englisch noch Musik lehren konnte, beschloß sie, das Kind zu den Ursulinerinnen von Honfleur in Pension zu geben.

Das Kind machte keine Einwendungen. Félicité seufzte und fand, Madame sei gefühllos. Dann dachte sie, ihre Herrin habe vielleicht doch recht. Diese Dinge gingen über ihren Verstand.

Eines Tages endlich hielt ein alter großer Wagen vor der Tür; und heraus stieg eine Nonne, die Mademoiselle abholen kam. Félicité hob das Gepäck auf das Verdeck, legte dem Kutscher verschiedenes ans Herz und packte sechs Töpfe mit Eingemachtem und ein Dutzend Birnen nebst einem Veilchenstrauß in den Sitzkasten.

Im letzten Augenblick wurde Virginie von heftigem Schluchzen erfaßt; sie umarmte ihre Mutter, die sie auf die Stirn küßte und dabei wiederholte: "Komm! Nur Mut! Nur Mut!" Der Wagentritt wurde zurückgeschlagen, der Wagen fuhr ab.

Da hatte Madame Aubain eine Ohnmacht; und am Abend stellten sich alle ihre Freunde ein, um sie zu trösten, das Ehepaar Lormeau, Madame Lechaptois, Mademoiselle Rochefeuille, Monsieur de Houppeville und Bourais.

Zuerst schmerzte es sie sehr, ihre Tochter entbehren zu müssen. Aber dreimal die Woche empfing sie von ihr einen Brief, an den anderen Tagen schrieb sie ihr, ging in ihren Garten, las ein wenig und füllte so die Leere der Stunden aus.

Des Morgens trat Félicité aus Gewohnheit in Virginies Zimmer und schaute an die Wände. Es fehlte ihr, daß sie ihr nicht mehr das Haar zu kämmen, die Stiefel zu schnüren, ihr das Bettuch einzustecken brauchte – und daß sie nicht mehr ihr reizendes Gesicht sah, sie nicht mehr an der Hand hielt wie früher, wenn sie zusammen ausgingen. In ihrer Untätigkeit versuchte sie Spitzen zu klöppeln. Unter ihren zu ungeschickten Fingern rissen die Fäden; sie verstand nichts mehr, hatte den Schlaf verloren, war, wie sie sich ausdrückte, "untergraben".

Um sich zu "zerstreuen", bat sie um die Erlaubnis, ihren Neffen Victor empfangen zu dürfen.

Er kam sonntags nach der Messe, mit rosigen Wangen, offener Brust, und in den Kleidern den Duft der Felder, die er durchwandert hatte. Sofort legte sie dann sein Gedeck zurecht. Sie frühstückten, einander gegenübersitzend; und während sie selbst so wenig wie möglich aß, um die Ausgabe wieder einzusparen, stopfte sie ihn so mit Essen, daß er schließlich einschlief. Beim ersten Klang der Vesperglocke weckte sie ihn, bürstete seinen Überzieher, knüpfte seine Krawatte und begab sich, stolz wie eine Mutter auf seinen Arm gestützt, in die Kirche.

Seine Eltern beauftragten ihn stets, ihr etwas abzuknöpfen, mochte es nun ein Paket Farinzucker, Seife, Branntwein oder zuweilen sogar Geld sein. Er brachte ihr seine Sachen zum Ausbessern; und sie übernahm diese Arbeit, glücklich über eine Gelegenheit, die ihn zwang, wiederzukommen.

Im Monat August nahm ihn sein Vater mit auf See.

Es war die Zeit der Ferien. Die Rückkehr der Kinder tröstete sie. Aber Paul war launenhaft, und Virginie hatte nicht mehr das Alter, in dem man sie duzen konnte, was ihrem Verkehr einen gewissen Zwang antat, ein Hindernis zwischen sie legte.

Victor ging nacheinander nach Morlaix, nach Dünkirchen und nach Brighton; bei der Rückkehr von jeder Reise brachte er ihr ein Geschenk mit. Das erste Mal war es eine Schachtel aus Muscheln, das zweite Mal eine Kaffeetasse, das dritte Mal ein großer Pfefferkuchen. Er wurde hübsch, hatte eine gutgewachsene Gestalt, ein wenig Schnurrbart, gutmütige, offene Augen und trug eine kleine Ledermütze, die er wie ein Steuermann nach hinten schob. Er belustigte sie dadurch, daß er ihr Geschichten erzählte, die von seemännischen Ausdrücken wimmelten.

An einem Montag, dem 14. Juli 1819 (sie vergaß das Datum nicht mehr), verkündete Victor, er habe sich für eine lange Fahrt verpflichtet und würde in der Nacht das zweitnächsten Tages an Bord des Paketbootes von Honfleur gehen, um seinen Schoner zu erreichen, welcher demnächst Le Havre verlasse. Er würde vielleicht zwei Jahre fort sein.

Die Aussicht auf eine so lange Abwesenheit betrübte Félicité tief; und um ihm noch Lebewohl zu sagen, zog sie am Mittwochabend, nachdem Madame gespeist hatte, Galoschen an und legte die vier Meilen zurück, die Pont-l'Evêque von Honfleur trennen.

Als sie am Kalvarienberg angekommen war, ging sie, anstatt sich nach links zu halten, nach rechts, verirrte sich zwischen den Lagerschuppen, kehrte wieder um; Leute, welche sie ansprach, rieten ihr, sich zu beeilen. Sie ging um das mit Schiffen gefüllte Hafenbecken herum, stolperte über Taue; dann senkte sich der Boden, Lichter kreuzten sich, und sie glaubte verrückt geworden zu sein, als sie am Himmel Pferde erblickte.

Am Rande des Hafendamms standen andere und wieherten, erschreckt vom Meer. Ein Kran zog sie in die Höhe und ließ sie dann in ein Schiff hinab, wo sich Reisende zwischen Mostfässern, Käsekörben, Getreidesäcken drängten; man hörte die Hühner gackern und den Kapitän fluchen; und ein Schiffsjunge verharrte, ohne auf all dies zu achten, auf den Ankerbalken gelehnt. Félicité, welche ihn nicht wiedererkannt hatte, schrie: "Victor!" Er hob den Kopf; sie stürzte hinzu, als man plötzlich die Brücke wegzog.

Das Paketboot, das Frauen singend treidelten, lief aus dem Hafen aus. Seine Wanten krachten, schwere Brecher peitschten seinen Bug. Das Segel hatte sich gedreht, man sah niemand mehr – und es bildete auf dem vom Mond versilberten Meer einen schwarzen Fleck, der immer blasser wurde, versank, verschwand.

Als Félicité am Kalvarienberg vorbeikam, wollte sie Gott anempfehlen, was sie am meisten liebte; und sie betete lange, stehend, mit tränenüberströmtem Gesicht, den Blick in den Wolken. Die Stadt schlief, Zollbeamte schritten auf und ab; und ohne Unterlaß stürzte das Wasser durch die Öffnungen der Schleuse, mit dem Tosen eines Wildbachs. Es schlug zwei Uhr.

Das Sprechzimmer des Klosters würde nicht vor Tagesanbruch geöffnet werden. Eine Verspätung aber könnte Madame gewiß verdrießen; und trotz ihrer Sehnsucht, Virginie zu umarmen, ging sie weiter. Die Mägde des Gasthofs standen auf, als sie in Pont-l'Evêque ankam.

Der arme Junge sollte also monatelang auf den Wogen schaukeln! Seine früheren Reisen hatten sie nicht geängstigt. Aus England und der Bretagne kam man heim; aber Amerika, die Kolonien, die Inseln, das verlor sich in unbestimmten Regionen am andern Ende der Welt.

Von nun an dachte Félicité ausschließlich an ihren Neffen. An sonnigen Tagen beunruhigte sie sich um seinen Durst; gab es ein Gewitter, so fürchtete sie den Blitz für ihn. Hörte sie den Wind, welcher im Kamin rumorte und die Schieferplatten davontrug, so erblickte sie ihn von demselben Unwetter gepeitscht, an der Spitze eines gebrochenen Mastes, den ganzen Körper hintübergebeugt, unter einer Decke von Schaum; oder er wurde –

das waren Erinnerungen an die Erdkunde mit den Stichen – von den Wilden gefressen, von Affen in einem Wald überfallen, oder er starb auf einem verlassenen Strand. Und niemals sprach sie über ihre Ängste.

Auch Madame Aubain hatte deren, wegen ihrer Tochter.

Die Schwestern fanden, sie sei liebenswürdig, aber zart. Die geringste Erregung entkräftete sie. Man mußte das Klavierspiel aufgeben.

Ihre Mutter verlangte vom Kloster einen regelmäßigen Briefwechsel. Als eines Morgens der Briefträger nicht gekommen war, wurde sie ungeduldig; und sie ging im Zimmer vom Lehnstuhl bis zum Fenster auf und ab. Es war wirklich nicht zu verstehen! seit vier Tagen keine Nachricht.

Um sie mit ihrem Beispiel zu trösten, sagte Félicité zu ihr:

"Ich, Madame, habe schon seit sechs Monaten keine mehr bekommen! ..."

"Von wem denn? ..."

Die Magd erwiderte leise:

"... von meinem Neffen!"

"Ach! Ihr Neffe!" Und achselzuckend nahm Madame Aubain ihren Spaziergang wieder auf, was heißen sollte: "Daran dachte ich nicht! ... Außerdem kümmert mich das nicht! ein Schiffsjunge, ein Landstreicher, was soll die Geschichte ... während meine Tochter ... Man bedenke doch! ..."

Obgleich Félicité unter rauhen Verhältnissen aufgewachsen war, war sie empört über Madame; dann vergaß sie.

Es schien ihr ganz selbstverständlich, wegen der Kleinen den Kopf zu verlieren.

Die beiden Kinder hatten gleiche Bedeutung für sie. Dasselbe Band ihrer Gefühle umschlang sie, und ihre Schicksale mußten die gleichen sein.

Der Apotheker teilte ihr mit, daß Victors Schiff in Havanna angekommen sei. Er hatte die Nachricht in einer Zeitung gelesen.

Wegen der Zigarren stellte sie sich Havanna als ein Land vor, in dem man nichts anderes tat als rauchen, und Victor bewegte sich in einer Tabakswolke unter Negern.

Konnte man "falls es not tat", von dort auf dem Landwege heimkehren? Welche Entfernung hatte es von Pont-l'Evêque? Um das zu erfahren, befragte sie Monsieur Bourais.

Er holte seinen Atlas und begann die Längengrade zu erklären; und über Félicités Verdutztheit zeigte er das typische Lächeln des Pedanten. Schließlich zeigte er mit seinem Bleistift auf einen schwarzen, kaum wahrnehmbaren Punkt zwischen den Einschnitten eines ovalen Flecks und sagte dazu: "Hier." Sie beugte sich über die Karte; dieses Netz von farbigen Linien ermüdete ihre Augen, ohne daß es ihr etwas sagte; und da Bourais sie aufforderte zu sagen, was sie bedränge, bat sie ihn, ihr das Haus zu zeigen, in dem Victor wohne. Bourais hob die Arme, nieste und lachte ungeheuer; eine derartige Einfalt machte ihm Freude; und Félicité begriff ihre Ursache nicht – sie, die vielleicht erwartete, sogar das Bild ihres Neffen zu erblicken, so beschränkt war ihr Verstand!

Vierzehn Tage später trat Liébard wie gewöhnlich zur Marktzeit in die Küche und übergab ihr einen Brief, welchen ihr Schwager ihr sandte. Da sie beide nicht lesen konnten, wandte sie sich an ihre Herrin.

Madame Aubain, welche die Maschen eines Strickzeugs zählte, legte dieses zur Seite, erbrach das Siegel des Briefes, schrak zusammen, und mit leiser Stimme und verschleiertem Blick:

"Es ist ein Unglück ... das man Euch mitteilt. Euer Neffe ..."

Er war tot. Mehr stand nicht drin.

Félicité sank auf einen Stuhl, lehnte ihren Kopf gegen die Wand und schloß die Augenlider, die sich plötzlich röteten. Dann wiederholte sie von Zeit zu Zeit mit gesenktem Kopf, herabhängenden Händen und starrem Blick:

"Armer kleiner Junge! armer kleiner Junge!"

Liébard betrachtete sie seufzend. Madame Aubain hatte ein leichtes Zittern.

Sie schlug ihr vor, ihre Schwester in Trouville zu besuchen.

Félicité antwortete mit einer Bewegung, daß das nicht nötig sei.

Es trat eine Stille ein. Der tüchtige Liébard hielt es für angemessen, sich zurückzuziehen.

Da sagte sie:

"Denen ist das gleich!"

Ihr Kopf fiel zurück; und mechanisch griff sie von Zeit zu Zeit nach einer der langen Nadeln auf dem Arbeitstisch.

Durch den Hof gingen Frauen mit einer Tragbahre, auf der triefendes Linnen lag.

Als sie diese durch die Scheiben bemerkte, erinnerte sie sich ihrer Wäsche; da sie sie gestern eingeweicht hatte, mußte sie heute ausgespült werden; und sie ging aus dem Zimmer.

Ihr Brett und ihr Faß befanden sich am Ufer der Toucques. Sie warf einen Haufen Hemden auf die Böschung, krempelte ihre Ärmel in die Höhe, nahm ihren Waschbläuel zur Hand; und die heftigen Schläge, die sie gab, hörte man bis in die umliegenden Gärten. Die Wiesen standen leer, der Wind wühlte den Fluß auf; in der Tiefe schwammen darin lange Gräser wie die im Wasser treibenden Haare einer Leiche. Sie bezwang ihren Schmerz und hielt sich bis zum Abend sehr tapfer; aber in ihrem Zimmer gab sie sich ihm hin, flach auf ihrer Matratze liegend, das Gesicht ins Kissen gedrückt und die beiden Fäuste gegen die Schläfen.

Sehr viel später erfuhr sie von Victors Kapitän selbst die näheren Umstände seines Todes. Man hatte ihn im Krankenhaus zu sehr zur Ader gelassen, wegen gelben Fiebers. Vier Ärzte hielten ihn zugleich. Er war sogleich gestorben, und der Direktor hatte gesagt:

"Gut! noch einer!"

Seine Eltern hatten ihn immer unmenschlich behandelt. Sie zog vor, sie nicht wiederzusehen; und sie selbst kamen ihrauch nicht entgegen, sei es, daß sie sie vergessen oder sich in ihrem Elend verhärtet hatten.

Virginie wurde schwächer.

Beklemmungen, Husten, beständiges Fieber und Flecken auf den Wangen zeigten eine ernste Erkrankung an. Monsieur Poupart hatte zu einem Aufenthalt in der Provence geraten. Madame Aubain willigte ein, und sie hätte ihre Tochter sogleich ins Haus zurückgeholt, wäre nicht das Klima von Pont-l'Evêque gewesen.

Sie traf ein Abkommen mit einem Wagenvermieter, der sie jeden Dienstag ins Kloster fahren mußte. In dem Garten befand sich eine Terrasse, von der man die Seine sehen konnte. Über abgefallene Weinblätter ging Virginie dort am Arm ihrer Mutter spazieren. Manchmal zwang sie ein die Wolken durchdringender Sonnenstrahl, mit den Augen zu zwinkern, während sie die fernen Segel und den weiten Horizont vom Schloß von Tancarville bis zu den Leuchttürmen von Le Havre betrachtete. Später ruhte man sich unter der Laube aus. Ihre Mutter hatte ein kleines Faß mit ausgezeichnetem Malagawein besorgt; und sie lachte beim Gedanken an einen Schwips und nahm zwei Fingerhut voll, nicht mehr.

Ihre Kräfte kehrten zurück. Der Herbst schwand langsam dahin. Félicité beruhigte Madame Aubain. Eines Abends jedoch, als sie in der Umgegend eine Besorgung gemacht hatte, traf sie vor der Tür den Wagen von Monsieur Poupart; und er selbst war im Vestibül. Madame Aubain band ihren Hut.

"Geben Sie mir meinen Fußwärmer, meine Börse, meine Handschuhe! aber schnell!"

Virginie hatte eine Lungenentzündung; vielleicht war es hoffnungslos.

"Noch nicht!" sagte der Arzt; und beide stiegen in den Wagen, von Schneeflocken umwirbelt. Die Nacht zog herauf. Es war sehr kalt.

Félicité stürzte in die Kirche, um eine Kerze anzuzünden. Dann lief sie hinter dem Wagen her, welchen sie nach einer Stunde einholte, sprang ohne Mühe hinten auf, wo sie sich an den Federn festhielt, als ihr die Überlegung kam: "Der Hof ist nicht verschlossen! wenn nun Diebe sich einschlichen?" Und sie sprang ab.

Bei Anbruch des folgenden Tages erschien sie bei dem Arzt. Er war zu Hause gewesen und schon wieder aufs Land gefahren. Darauf blieb sie im Wirtshaus, im Glauben, Fremde würden einen Brief für sie abgeben. Schließlich, bei Eintritt der Dämmerung nahm sie die Post nach Lisieux.

Das Kloster befand sich hinten in einer steilen Gasse. In der Mitte derselben hörte sie seltsame Töne, eine Totenglocke. "Das ist für jemand anderer," dachte sie; und Félicité zog heftig den Klopfer.

Nach mehreren Minuten schlurften Holzschuhe heran, die Tür ging einen Spalt breit auf, und eine Nonne erschien.

Die Schwester sagte mit betrübter Miene, sie sei soeben verschieden. Zu gleicher Zeit setzte die Totenglocke von Saint-Léonard wieder ein.

Félicité gelangte in den zweiten Stock.

Schon auf der Schwelle des Zimmers erblickte sie Virginie, die mit gefalteten Händen auf dem Rücken lag, den Mund offen und den Kopf nach hinten, unter einem schwarzen Kreuz, das sich zu ihr neigte, zwischen regungslosen Vorhängen, die weniger bleich waren als ihr Antlitz. Am Fußende des Lagers, das sie mit ihren Armen umfaßt hielt, schluchzte Madame Aubain in Todespein. Die Oberin stand zur Rechten. Auf der Kommode standen drei Armleuchter, die rote Flecke bildeten, und der Nebel lag weiß vor den Fenstern. Nonnen führten Madame Aubain hinweg.

Zwei Nächte lang wich Félicité nicht von der Toten. Sie wiederholte dieselben Gebete, sprengte Weihwasser über die Laken, setzte sich wieder auf ihren Platz und betrachtete sie. Zu Ende der ersten Wache bemerkte sie, daß das Gesicht gelb und die Nase spitz geworden war; die Lippen hatten eine blaue Farbe angenommen, und die Augen waren eingesunken. Sie küßte sie mehrere Male; und sie würde keine besondere Verwunderung empfunden haben, wenn Virginie sie wieder geöffnet hätte; für Seelen ihrer Art ist das Übernatürliche ganz selbstverständlich. Sie kleidete sie an, hüllte sie in das Leichentuch, legte sie in den Sarg, schmückte sie mit einem Blumenkranz und breitete ihre Haare aus. Sie waren blond und für ihr Alter von außerordentlicher Länge. Félicité schnitt eine dicke Locke davon ab und ließ die Hälfte davon in ihren Busen gleiten, entschlossen, sich niemals davon zu trennen.

Der Leichnam wurde nach Pont-l'Evêque überführt, gemäß den Bestimmungen von Madame Aubain, die dem Leichenwagen in einer geschlossenen Kutsche folgte.

Nach der Messe brauchte man noch drei Viertelstunden, um den Kirchhof zu erreichen. Paul ging an der Spitze und schluchzte. Hinter ihm kam Monsieur Bourais, dann die angesehensten Einwohner, die Frauen, die in schwarze Mäntel gehüllt waren, und Félicité. Sie dachte an ihren Neffen, und da sie ihm diese Ehre nicht hatte erweisen können, empfand sie doppelte Traurigkeit, als hätte man ihn mit ihr zusammen begraben.

Madame Aubains Verzweiflung war ohne Grenzen.

Zuerst empörte sie sich gegen Gott, sie fand ihn ungerecht, da er ihr ihre Tochter genommen – ihr, die niemals Böses getan und deren Gewissen so rein war! Doch nein! Sie hätte sie nach dem Süden bringen müssen. Andere Ärzte würden sie gerettet haben! Sie klagte sich an, wollte zu ihr und schrie in Seelenangst, mitten in ihren Träumen. Einer quälte sie besonders. Ihr Gatte kam im Matrosenanzug von einer weiten Reise zurück und erzählte ihr weinend, daß er den Befehl empfangen habe, Virginie mitzunehmen. Alsdann überlegten sie zusammen, ob sie irgendwo ein Versteck ausfindig machen könnten.

Einmal kam sie aus dem Garten, fassungslos. Gerade eben (sie zeigte die Stelle), waren ihr Vater und Tochter erschienen, beide nebeneinander, und sie bewegten sich nicht; sie schauten sie nur an.

Mehrere Monate hindurch blieb sie teilnahmslos in ihrem Zimmer. Félicité redete ihr gut zu; sie müsse sich erhalten, für ihren Sohn und auch für die andere, in Erinnerung "an sie".

"Sie?" wiederholte Madame Aubain, als ob sie erwache. "Ach! ja! ... ja! ... Sie vergessen sie nicht!" Das war eine Anspielung auf den Friedhof, den man ihr aus Besorgnis verboten hatte.

Félicité ging alle Tage hin.

Schlag vier Uhr ging sie die Häuser entlang, erstieg den Hügel, öffnete das Gitter und trat an Virginies Grab. Es war eine kleine Säule aus rosigem Marmor, darunter eine Platte und Ketten darum herum; sie schlossen ein Gärtchen ein. Die Einfassungen verschwanden unter einer Fülle von Blumen. Sie besprengte ihre Blätter, erneuerte den Sand und kniete nieder, um die Erde besser bearbeiten zu können. Als Madame Aubain hingehen durfte, empfand sie eine Erleichterung, eine Art von Trost.

Dann schwanden Jahre dahin, alle gleichförmig und ohne andere Zwischenfälle als die Wiederkehr der großen Feste: Ostern, Himmelfahrt und Allerheiligen. Haushohe Ereignisse gaben Daten ab, auf die man sich später bezog. So strichen 1825 zwei Glaser das Vorzimmer an; 1827 hätte ein Teil des Daches, das in den Hof hinabstürzte, beinahe einen Mann getötet. Im Sommer 1828 hatte Madame das geweihte Brot zu spenden; um diese Zeit verschwand Bourais auf geheimnisvolle Weise; und nach und nach zogen die alten Bekannten fort: Guyot, Liébard, Madame Lechaptois, Robelin, Onkel Gremanville, der seit langem gelähmt war.

Eines Nachts verkündete der Postkutscher in Pont-l'Evêque die Juli-Revolution. Wenige Tage darauf wurde ein neuer Unterpräfekt ernannt: der Baron von Larsonnière, früher Konsul in Amerika. Er hatte außer seiner Frau seine Schwägerin mit drei schon ziemlich großen Töchtern bei sich. Man sah sie auf ihrem Rasen in wehende Blusen gekleidet; sie besaßen einen Neger und einen Papagei.

Madame Aubain empfing ihren Besuch und unterließ nicht, ihn zu erwidern. Sobald sie sich von weitem zeigten, eilte Félicité, sie zu benachrichtigen. Doch nur eine Sache war allein imstande, sie zu bewegen: die Briefe ihres Sohnes.

Er konnte bei keiner Laufbahn bleiben, da ihn die Kneipen zu sehr in Anspruch nahmen. Sie bezahlte ihm seine Schulden; er machte neue; und die Seufzer, die Madame Aubain ausstieß, während sie am Fenster strickte, drangen bis zu Félicité, die in der Küche ihr Spinnrad drehte.

Sie gingen zusammen am Spalier entlang spazieren; und sie sprachen immer von Virginie, wobei sie sich fragten, ob dieses ihr gefallen hätte oder was sie wohl bei jener Gelegenheit gesagt haben würde.

Alle ihre kleinen Habseligkeiten waren in einem Schrank in dem Zimmer mit den beiden Betten untergebracht. Madame Aubain besichtigte sie so selten wie möglich. An einem Sommertag entschloß sie sich dazu; und Motten entflogen dem Schrank.

Ihre Kleider hingen in einer Reihe unter dem Brett, auf dem sich drei Puppen, Reifen, ein Puppengeschirr und die Waschschüssel befanden, die sie benutzt hatte. Sie zogen auch die Röcke, die Strümpfe, die Taschentücher ans Licht und breiteten sie auf den beiden Betten aus, ehe sie sie wieder zusammenfalteten. Die Sonne beschien all die armen Sachen und machte die Flecken und Falten sichtbar, die sich durch die Bewegungen des Körpers gebildet hatten. Die Luft war warm und blau, eine Amsel zwitscherte, alles schien in einer tiefen Seligkeit zu leben. Sie fanden einen kleinen kastanienbraunen Hut aus langhaarigem Plüsch wieder; doch er war ganz von Ungeziefer zerfressen. Félicité bat ihn sich aus. Jede schaute die andere an, und ihre Augen füllten sich mit Tränen; schließlich öffnete die Herrin die Arme, die Magd warf sich hinein; und sie drückten einander ans Herz und ließen ihrem Schmerz in einem Kuß freien Lauf, der sie beide gleichmachte.

Es war das erste Mal in ihrem Leben, denn Madame Aubain war keine hingebende Natur. Félicité war ihr dankbar dafür wie für eine Wohltat, und von nun an liebte sie sie mit hündischer Ergebenheit und religiöser Verehrung.

Ihre Herzensgüte entwickelte sich.

Wenn sie die Trommeln eines auf der Straße vorbeiziehenden Regiments hörte, stellte sie sich mit einem Krug Most vor die Tür und bot den Soldaten zu trinken an. Sie pflegte die Cholerakranken. Sie beschützte die Polen;

und es gab sogar einen, der erklärte, sie heiraten zu wollen. Aber sie zerstritten sich; denn als sie eines Tages vom Angelus kam, fand sie ihn in ihrer Küche, wo er sich eingeschlichen und sich an einen Fleischsalat gemacht hatte, den er ruhig verzehrte.

Auf die Polen folgte Vater Colmiche, ein Greis, von dem man sich erzählte, er habe anno 93 Entsetzliches begangen. Er lebte am Flußufer in einem verfallenen Schweinestall. Die Gassenjungen betrachteten ihn durch die Ritzen der Mauern und warfen mit Kieseln nach ihm, die auf sein Siechbett fielen, wo er dauernd von einem Katarrh geschüttelt lag, mit langem Haar, die Augenlider entzündet und am Arm eine Geschwulst, die größer war als sein Kopf. Sie versorgte ihn mit Leinen, versuchte seine Bude zu reinigen und träumte davon, ihn im Backhaus unterzubringen, ohne daß er Madame belästige. Als der Krebs aufgebrochen war, verband sie ihn jeden Tag, brachte ihm manchmal Kuchen und legte ihn in die Sonne, auf ein Bündel Stroh; und der arme Alte dankte ihr geifernd und zitternd, mit erloschener Stimme, fürchtete sie zu verlieren und reckte die Hände aus, sobald er sie sich entfernen sah. Er starb; sie ließ für die Ruhe seiner Seele eine Messe lesen.

An jenem Tag widerfuhr ihr ein großes Glück: zur Essenszeit stellte sich der Neger von Madame de Larsonnière ein, in der Hand den Papagei in seinem Käfig, mitsamt der Stange, der Kette und dem Vorlegeschloß. Ein Billett der Baronin kündigte Madame Aubain an, daß sie an dem Abend abreisten, da ihr Gatte in eine Präfektur aufgerückt war; und sie bat sie, diesen Vogel zur Erinnerung und als Zeichen ihrer Hochachtung anzunehmen. Er beschäftigte seit langem Félicités Phantasie, denn er kam von Amerika; und dieses Wort erinnerte sie an Victor, so daß sie sich darüber bei dem Neger Auskunft holte. Einmal hatte sie sogar gesagt: "Wie glücklich wäre Madame, wenn sie ihn hätte." Der Neger hatte das Gespräch seiner Herrin berichtet, die sich auf diese Weise seiner entledigte, da sie ihn nicht mitnehmen konnte.

IV

Er hieß Lulu. Sein Leib war grün, die Spitzen seiner Flügel rosa, seine Stirn blau und seine Kehle goldgelb. Aber er hatte die lästige Gewohnheit, in seine Stange zu beißen, er riß sich die Federn aus, verkleckerte seinen Kot und verspritzte das Wasser seines Bades; Madame Aubain, der er lästig war, schenkte ihn für immer Félicité.

Sie machte sich daran, ihn zu unterrichten; bald konnte er wiederholen: "Reizender Junge! Ihr Diener, mein Herr! Gegrüßt seist du, Maria!" Er wurde in die Nähe der Türe gestellt, und verschiedene Leute waren erstaunt, daß er nicht auf den Namen Jacquot hörte, da doch alle Papageien Jacquot heißen. Man verglich ihn mit einer Pute, mit einer Gans: jedesmal ein Dolchstoß für Félicité! Merkwürdiger Eigensinn Lulus, von dem Augenblick, wo man ihn anschaute, nicht mehr zu sprechen!

Nichtsdestoweniger suchte er Gesellschaft; denn am Sonntag, während Mademoiselle Rochefeuille, Monsieur de Houppeville und neue Habitués, nämlich der Apotheker Onfroy, Monsieur Varin und der Hauptmann Mathieu, ihre Partie Karten spielten, schlug er mit den Flügeln an die Scheiben und gebärdete sich so wild, daß es unmöglich war, sich gegenseitig zu verstehen.

Bourais' Gesicht schien ihm ohne Zweifel sehr komisch. Sobald er ihn bemerkte, begann er zu lachen, mit allen Kräften zu lachen. Das Kollern seiner Stimme dröhnte durch den Hof, das Echo wiederholte es, die Nachbarn stellten sich an die Fenster und lachten auch; und um vom Papagei nicht gesehen zu werden, drückte sich Monsieur Bourais an der Mauer entlang, wobei er sein Gesicht unter dem Hut verbarg, erreichte den Fluß und kam dann durch die Gartentür herein; und die Blicke, die er dem Vogel zuwarf, entbehrten der Zuneigung.

Lulu hatte von dem Fleischerjungen einen Nasenstüber bekommen, da er sich erlaubt hatte, den Kopf in seinen Korb zu stecken; und seit der Zeit versuchte er immer, ihn durch das Hemd zu kneifen. Fabu drohte, er werde ihm den Hals umdrehen, obwohl er nicht grausam war, trotz seiner tätowierten Arme und seines großen Backenbarts. Im Gegenteil! er hatte eher Zuneigung zu dem Papagei, so daß er ihm aus Übermut sogar Flüche beibringen wollte. Félicité, die solche Manieren erschreckten, nahm ihn in ihre Küche. Seine Kette wurde ihm abgenommen, und er spazierte im Haus herum.

Wenn er die Treppe hinabstieg, stützte er die Krümmung seines Schnabels auf die Stufen, hob das rechte Bein, dann das linke; und sie befürchtete, diese Turnerei könnte ihm Schwindel verursachen. Er wurde krank, konnte weder sprechen noch fressen. Unter seiner Zunge fand sich eine Verdickung, wie sie die Hühner zuweilen haben. Sie heilte ihn, indem sie dieses Häutchen mit ihren Nägeln abzog. Monsieur Paul beging eines Tages die Unvorsichtigkeit, ihm den Rauch seiner Zigarre in die Nase zu blasen; ein anderes Mal, als Madame Lormeau ihn mit der Spitze ihres Sonnenschirms, neckte, schnappte er die Zwinge; schließlich verschwand er.

Sie hatte ihn auf das Gras gesetzt, um ihm eine Erfrischung zu gewähren. Sie entfernte sich für eine Minute, und als sie wiederkam, kein Papagei mehr! Zuerst suchte sie ihn im Gebüsch, am Ufer des Wassers und auf den Dächern, ohne auf ihre Herrin zu hören, die schrie: "Seien Sie doch vorsichtig! Sie sind verrückt!" Dann durchsuchte sie alle Gärten von Pont-l'Evêque; und sie hielt die Vorübergehenden an. – "Sie haben nicht zufällig irgendwo meinen Papagei gesehen?" Denen, die den Papagei nicht kannten, beschrieb sie ihn. Plötzlich glaubte sie auf dem Abhang zwischen den Mühlen etwas Grünes zu unterscheiden, das umherflatterte. Aber oben angekommen, nichts! Ein Hausierer versicherte, er habe ihn gerade in Saint-Melaine, im Laden der Mère Simon getroffen. Sie eilte hin. Man verstand nicht, was sie wollte. Schließlich kehrte sie heim, erschöpft, die Schuhe in Fetzen, den Tod im Herzen; und während sie neben Madame Aubain auf der Bank saß, erzählte sie alle ihre Gänge, als sich ein leichtes Gewicht auf ihre Schulter senkte, Lulu! Was, zum Teufel, hatte er gemacht? Vielleicht war er in der Umgebung spazierengegangen!

Sie hatte Mühe, sich davon zu erholen, oder vielmehr, sie erholte sich nie mehr.

Infolge einer Erkältung befiel sie eine Halsentzündung; kurze Zeit darauf stellte sich ein Ohrenübel ein. Drei Jahre später war sie taub; und sie sprach sehr laut, sogar in der Kirche. Obgleich ihre Sünden, ohne ihre Ehre zu beflecken noch Nachteile für andere zu haben, bis in alle Winkel der Gemeinde hätten dringen können, hielt der Herr Pfarrer es für angemessen, ihre Beichte nur noch in der Sakristei entgegenzunehmen.

Wahngeräusche verwirrten sie schließlich vollkommen. Oft sagte ihre Herrin zu ihr: "Mein Gott! wie dumm Sie sind!" Sie erwiderte: "Ja, Madame", während sie etwas in ihrer Nähe suchte.

Der kleine Kreis ihrer Gedanken verengte sich noch mehr, und das Läuten der Glocken, das Brüllen der Rinder war für sie nicht mehr vorhanden. Alle Wesen verrichteten ihre Handlungen mit der Lautlosigkeit von Gespenstern. Ein einziges Geräusch gelangte jetzt noch in ihre Ohren, die Stimme des Papageis.

Wie um sie zu zerstreuen, ahmte er das Tick-tack des Bratenwenders nach, das laute Rufen des Fischhändlers, die Säge des Tischlers, der gegenüber wohnte; und beim Klang der Türglocke machte er Madame Aubain nach – "Félicité! die Tür! die Tür!"

Sie hatten Zwiegespräche, er, indem er bis zum Überdruß die drei Sätze seines Repertoirs wiederholte, und sie, indem sie durch zusammenhanglose Reden antwortete, in denen jedoch ihr Herz überfloß. In ihrer Vereinsamung war Lulu ihr fast ein Sohn, ein Liebhaber. Er kletterte an ihren Fingern, schnäbelte an ihren Lippen, klammerte sich an ihr Busentuch; und wenn sie ihre Stirn neigte und dabei wie die Ammen mit dem Kopf wackelte, dann schlugen die großen Flügel der Haube mit den Flügeln des Vogels zusammen.

Wenn sich Wolken türmten und der Donner grollte, stieß er Schreie aus, wobei er sich vielleicht der Regenschauer seiner heimatlichen Wälder erinnerte. Das Rauschen des Wassers versetzte ihn in Ekstase; außer sich, flatterte er hinauf zur Decke, warf alles um und flog durch das Fenster, um im Garten herumzupatschen; doch schnell kehrte er auf einen der Feuerböcke zurück und zeigte, während er hüpfend seine Federn zu trocknen suchte, bald seinen Schwanz, bald seinen Schnabel.

An einem Morgen des furchtbaren Winters von 1837, als sie ihn, der Kälte wegen, vor den Kamin gestellt hatte, fand sie ihn tot, mitten in seinem Käfig, den Kopf nach unten und die Krallen in den Drähten. Ein Blutandrang hatte ihn gewiß getötet! Sie glaubte an eine Vergiftung durch Petersilie; und trotz des Mangels jeglicher Beweise fiel ihr Verdacht auf Fabu.

Sie weinte so sehr, daß ihre Herrin zu ihr sagte: "Lassen Sie ihn doch ausstopfen!"

Sie fragte den Apotheker um Rat, der immer gut zu dem Papagei gewesen war.

Er schrieb nach Le Havre. Ein gewisser Fellacher übernahm die Arbeit. Da jedoch der Post manchmal Pakete abhanden kamen, entschloß sie sich, ihn selbst bis nach Honfleur zu bringen.

Die entlaubten Apfelbäume reihten sich zu beiden Seiten der Straße, Eis bedeckte die Gräben. Hunde bellten um die Gehöfte; und die Hände unter ihrem Umhang schritt sie, mit ihren kleinen schwarzen Holzpantinen und ihrem Korb, mitten auf dem Pflaster eilig dahin.

Sie durchquerte den Wald, ließ Haut-Chêne hinter sich und erreichte Saint-Gatien.

Hinter ihr, in einer Staubwolke und mitgerissen vom Gefälle, jagte eine Postkutsche in vollem Galopp wie eine Windhose heran. Als der Wagenmeister diese Frau erblickte, die sich nicht stören ließ, richtete er sich über dem Verdeck auf, und auch der Postillion schrie, während seine vier Pferde, die er nicht zurückhalten konnte, ihren Lauf beschleunigten; die beiden ersten streiften sie; mit einem Ruck seiner Zügel warf er die Tiere an den Rand der Straße, hob aber wütend den Arm und versetzte ihr mit voller Wucht, vom Leib bis zum Genick einen solchen Hieb mit seiner langen Peitsche, daß sie auf den Rücken fiel.

Ihre erste Bewegung, als sie wieder zur Besinnung kam, war, daß sie ihren Korb öffnete. Lulu war zum Glück nichts passiert. Sie fühlte ein Brennen auf der rechten Backe; als sie hinfaßte, hatte sie rote Hände. Das Blut floß.

Sie setzte sich auf einen Meilenstein, betupfte sich das Gesicht mit ihrem Taschentuch, dann aß sie ein Stück Brot, das sie vorsorglich in ihren Korb gelegt hatte, und tröstete sich über ihre Wunde, indem sie den Vogel betrachtete.

Als sie auf die Höhe von Ecquemauville gekommen war, bemerkte sie die Lichter von Honfleur, die durch die Nacht glitzerten wie eine Menge Sterne;

weiter in der Ferne breitete sich undeutlich das Meer aus. Da überfiel sie eine Schwäche; und das Elend ihrer Kindheit, die Enttäuschung in der ersten Liebe, der Aufbruch ihres Neffen, Virginies Tod kamen zugleich wie die Wogen einer Flut, stiegen ihr an die Kehle und erstickten sie.

Dann wollte sie mit dem Kapitän des Schiffs sprechen; und ohne zu sagen, was sie verschickte, gab sie ihm Anweisungen.

Fellacher behielt den Papagei lange. Er versprach ihn immer für die kommende Woche; nach Verlauf von sechs Monaten kündigte er den Versand einer Kiste an; und dann war nicht mehr die Rede davon. Man mußte annehmen, daß Lulu nie mehr zurückkommen würde. "Sie werden ihn mir gestohlen haben!" dachte sie.

Endlich kam er an – und prächtig, aufrecht auf einem Baumast sitzend, der in einem Sockel aus Mahagoni steckte, ein Bein in der Luft, den Kopf schräg und eine Nuß knackend, welche der Ausstopfer aus Liebe zu Grandiosem vergoldet hatte.

Sie schloß ihn in ihr Zimmer.

Dieser Ort, zu dem sie wenigen Zutritt gestattete, glich sowohl einer Kapelle als einem Bazar, so viele religiöse Gegenstände und seltsame Sachen enthielt er.

Ein großer Wandschrank behinderte das öffnen der Tür. Dem Fenster gegenüber, das den Garten überhing, schaute ein rundes Guckloch in den Hof; neben dem Gurtbett trug ein Tisch eine Wasserkanne, zwei Kämme und auf einem zerbrochenen Teller einen Würfel blauer Seife. An den Wänden sah man Rosenkränze, Medaillen, mehrere Madonnen, einen Weihwasserkessel aus Kokosnuß; auf der Kommode, die wie ein Altar mit einem Tuch bedeckt war, stand der Muschelkasten, welchen ihr Victor gegeben hatte; dann eine Gießkanne und ein großer Ball, Schreibhefte, die Erdkunde mit den Stichen, ein Paar Stiefel; und am Nagel des Spiegels hing mit seinen Bändern der kleine Plüschhut. Félicité trieb diese Art von Hochachtung sogar so weit, daß sie einen der Gehröcke von Monsieur aufhob. Allen alten Plunder, den Madame Aubain nicht mehr wollte, nahm sie für ihr Zimmer. Aus diesem Grunde standen auch künstliche Blumen hinten auf der Kommode, und in der Vertiefung der Fensterluke hing das Bild des Grafen von Artois.

Mit Hilfe eines Bretts wurde Lulu an einem Kaminrohr befestigt, das in das Zimmer ragte. Jeden Morgen, wenn sie erwachte, erblickte sie ihn im Schein der Morgenröte, und erinnerte sich dann entschwundener Tage und unbedeutenderTätigkeiten bis in ihre kleinsten Details, und das ohne Schmerz, voller Ruhe.

Da sie mit niemand ihre Gedanken austauschen konnte, lebte sie in einer schlafwandlerischen Stumpfheit. Die Fronleichnamsprozessionen belebten sie wieder. Sie ging zu den Nachbarinnen, bettelte Kerzenleuchter und Strohmatten, um den Altar zu verschönern, den man in der Straße errichtete.

In der Kirche betrachtete sie immer den Heiligen Geist, und es fiel ihr auf, daß er etwas von dem Papagei hatte. Diese Ähnlichkeit schien ihr noch deutlicher auf einem Epinaler Bilderbogen, der die Taufe unseres Herrn darstellte. Mit seinen Purpurflügeln und seinem smaragdfarbenen Leib war er wirklich Lulus Ebenbild.

Sie kaufte ihn und hing ihn an den Platz des Grafen von Artois – so daß sie beide mit einem Blick sehen konnte. Sie vereinigten sich in ihrer Vorstellung, wobei sich der Papagei durch dieses Verhältnis zum Heiligen Geist heiligte, während der letztere in ihren Augen lebendiger und verständlicher wurde.

Gottvater hatte, um sich zu offenbaren, keine Taube wählen können, da dieses Tier keine Stimme besitzt, sondern eher einen von Lulus Ahnen. Und Félicité betete, während sie das Bild betrachtete, aber von Zeit zu Zeit wandte sie sich ein wenig nach dem Vogel um.

Sie hatte Lust, der Jungfrauenkongregation beizutreten. Madame Aubain redete es ihr aus.

Ein bemerkenswertes Ereignis stellte sich ein: Pauls Hochzeit.

Nachdem er zuerst Notariatsgehilfe, dann im Handel, beim Zoll, bei der Steuer tätig gewesen war und sogar angefangen hatte, sich bei der Jagd-,

Forst- und Wasserverwaltung um eine Anstellung zu bemühen, entdeckte er plötzlich durch eine Eingebung des Himmels mit sechsunddreißig Jahren seinen Beruf: die Registratur! und er zeigte dafür so große Begabung, daß ein Kontrolleur ihm zugleich mit seiner Protektion auch seine Tochter angeboten hatte.

Paul, jetzt ein ernsthafter Mann, führte sie ins Haus seiner Mutter.

Sie machte sich über die Gewohnheiten in Pont-l'Evêque lustig, spielte die Prinzessin, kränkte Félicité. Bei ihrer Abreise empfand Madame Aubain eine Erleichterung.

Die folgende Woche kam die Nachricht vom Tod von Monsieur Bourais, der in einem Gasthof der Basse-Bretagne gestorben war. Das Gerücht eines Selbstmords bestätigte sich; es erhoben sich Zweifel an seiner Ehrlichkeit. Madame Aubain prüfte ihre Bücher, und sie entdeckte bald die Litanei seiner Gemeinheiten: Unterschlagung rückständiger Zinsen, heimliche Holzverkäufe, gefälschte Quittungen und so weiter. Außerdem hatte er ein uneheliches Kind und "Beziehungen zu einer Person in Dozulé".

Diese Schändlichkeiten betrübten sie sehr. Im Monat März des Jahres 1853 verspürte sie Schmerzen in ihrer Brust; ihre Zunge schien wie mit Rauch belegt, die Blutegel linderten die Beklemmungen nicht; und am neunten Abend verschied sie, gerade zweiundsiebzig Jahre alt.

Man hielt sie für weniger alt, wegen ihres braunen Haares, dessen herabfallende Strähnen ihr blasses, pockennarbiges Gesicht umrahmten. Wenige Freunde betrauerten sie; denn ihr Benehmen war von einem abstoßenden Hochmut.

Félicité beweinte sie, wie man Herrschaften sonst nicht beweint. Daß Madame vor ihr starb, verwirrte ihre Gedanken, schien ihr im Widerspruch mit der Ordnung der Dinge, unstatthaft und ungeheuerlich.

Zehn Tage später (die nötige Zeit, um aus Besançon herbeizueilen) kamen die Erben an. Die Schwiegertochter durchwühlte die Schubladen, suchte sich Möbel aus, verkaufte die anderen; dann kehrten sie zur Registratur zurück.

Der Lehnsessel von Madame, ihr kleiner runder Tisch, ihr Fußwärmer, die acht Stühle waren weg! Wo die Stiche gehangen hatten, zeichneten sich an den Wänden gelbe Vierecke ab. Sie hatten die beiden Bettchen samt den Matratzen mitgenommen, und im Wandschrank fand sich nichts mehr von all den Habseligkeiten Virginies! Félicité stieg die Stockwerke hinauf, vor Trauer halb von Sinnen.

Am nächsten Tag klebte an der Tür ein Zettel; der Apotheker schrie ihr ins Ohr, daß das Haus verkauft werden sollte.

Sie wankte und mußte sich setzen.

Was sie hauptsächlich bekümmerte, war, daß sie ihr Zimmer aufgeben mußte – das für den armen Lulu so behaglich war. Während sie ihn mit angsterfüllten Blicken umfing, flehte sie zum Heiligen Geist und nahm die götzendienerische Gewohnheit an, ihre Gebete kniend vor dem Papagei zu sprechen. Zuweilen fiel die durch die Dachluke dringende Sonne auf sein Glasauge und ließ einen Lichtstrahl aufblitzen, der sie in Verzückung versetzte.

Sie hatte eine Rente von dreihundertachtzig Francs, die ihr von ihrer Herrin vermacht war. Der Garten lieferte ihr Gemüse. Was die Kleider anging, so hatte sie deren genug, um sich bis zum Ende ihrer Tage zu kleiden, und die Beleuchtung sparte sie dadurch, daß sie sich beim Einbruch der Dämmerung zu Bett legte.

Sie ging kaum aus, um den Laden des Trödlers zu vermeiden, wo einige von den einstigen Möbeln standen. Seit dem Anfall zog sie ein Bein nach; und da ihre Kräfte nachließen, kam die Mère Simon, die mit ihrem Kolonialwarenhandel ihr Geld verloren hatte, jeden Morgen, um ihr Holz zu spalten und Wasser zu pumpen.

Ihre Augen wurden schwächer. Die Fensterläden wurden nicht mehr geöffnet. Viele Jahre vergingen. Und das Haus wurde nicht vermietet und nicht verkauft.

Aus Angst, man könnte ihr kündigen, forderte Félicité keine Ausbesserung. Die Latten des Daches verfaulten; während eines ganzen Winters war ihr Deckbett durchnäßt. Nach Ostern spie sie Blut.

Da wandte sich die Mère Simon an einen Arzt. Félicité wollte wissen, was sie hatte. Da sie jedoch zu taub war, um zu verstehen, erreichte sie nur ein Wort: "Lungenentzündung". Es war ihr bekannt, und sie versetzte leise: "Ach! wie Madame", es natürlich findend, ihrer Herrin zu folgen.

Die Zeit der Altäre rückte heran.

Der erste war immer unten am Hügel, der zweite vor der Post, der dritte ungefähr in der Mitte der Straße. Um diesen letzteren gab es Rivalitäten; und die Frauen der Pfarrei entschieden sich schließlich für den Hof von Madame Aubain.

Die Beklemmungen und das Fieber wurden schlimmer. Félicité grämte sich, daß sie nichts für den Altar tun konnte. Hätte sie nur irgend etwas beisteuern können! Da dachte sie an den Papagei. Das sei nicht passend, entgegneten die Nachbarinnen. Doch der Pfarrer gab die Erlaubnis; sie war darüber so glücklich, daß sie ihn bat, wenn sie tot sei, Lulu, ihren einzigen Reichtum, von ihr anzunehmen.

Vom Dienstag bis zum Samstag, dem Vorabend von Fronleichnam, hustete sie immer häufiger. Am Abend war ihr Gesicht eingefallen, die Lippen klebten am Zahnfleisch, sie mußte sich erbrechen; und da sie sich bei Anbruch des folgenden Tages sehr schwach fühlte, ließ sie einen Priester rufen.

Drei alte Frauen waren da während der letzten Ölung. Dann erklärte sie, daß sie Fabu sprechen müsse.

Er kam im Sonntagsstaat, sich unbehaglich fühlend in dieser düsteren Atmosphäre.

"Verzeihen Sie mir", sagte sie beim Versuch, den Arm auszustrecken, "ich glaubte, Sie seien es gewesen, der ihn getötet hat!"

Was sollte das Geschwätz? Ihn eines Mordes verdächtigt zu haben, einen Mann wie ihn! und er entrüstete sich, fing an Lärm zu machen. – "Sie ist von Sinnen, Sie sehen ja!"

Von Zeit zu Zeit sprach Félicité zu Phantomen. Die alten Frauen entfernten sich. Die Simonin frühstückte.

Ein wenig später nahm sie Lulu und hielt ihn Félicité hin.

"Kommen Sie! nehmen Sie Abschied von ihm!"

Obgleich er keine Leiche war, fraßen ihn die Würmer; einer seiner Flügel war gebrochen, das Werg kam ihm aus dem Bauch. Doch, blind wie sie jetzt war, küßte sie ihn auf die Stirn und drückte ihn gegen ihre Wange. Die Simonin nahm ihn zurück, um ihn auf den Altar zu stellen.

V

Den Wiesen entströmte der Duft des Sommers. Fliegen summten; die Sonne ließ den Fluß glitzern, wärmte den Schiefer auf dem Dach. Die Mère Simon, die ins Zimmer zurückgekommen war, schlief sanft ein.

Glockenschläge weckten sie; man kam aus der Vesper. Félicités Fieberphantasien ließen nach. Sie dachte an die Prozession und sah sie vor sich, als wenn sie mitgelaufen wäre.

Alle Schulkinder, die Sänger und die Feuerwehr gingen auf den Bürgersteigen, während in der Mitte der Straße vorangingen: der Schweizer mit seiner Hellebarde, der Mesner mit einem großen Kreuz, der Lehrer, der die Knaben überwachte, die Nonne, besorgt um ihre kleinen Mädchen; drei der hübschesten, die wie Engel frisiert waren, streuten Rosenblätter; der Diakon mäßigte mit ausgestreckten Armen die Musikanten; und zwei Knaben mit Weihrauchfässern wandten sich bei jedem Schritt nach dem Heiligen Sakrament, das der Herr Pfarrer in seinem schönen Meßgewand unter einem von vier Kirchenvorstehern getragenen Baldachin aus hochrotem Samt trug. Ein Strom von Menschen drängte sich nach, zwischen den weißen Tüchern, die die Mauern der Häuser bedeckten; und man langte am Fuße des Hügels an.

Kalter Schweiß feuchtete Félicités Schläfen. Die Simonin trocknete sie mit einem leinenen Tuch ab, während sie sich sagte, daß sie eines Tages dasselbe durchmachen müsse.

Das Murmeln der Menge wuchs, war einen Augenblick sehr stark, entfernte sich.

Eine Gewehrsalve erschütterte die Scheiben. Das waren die Postillione, die die Monstranz grüßten. Félicité verdrehte die Augen und sagte so laut sie konnte:

"Ist ihm wohl?" in der Angst um den Papagei.

Ihr Todeskampf begann. Ein immer schnelleres Röcheln hob ihre Seiten. Schaumblasen kamen in ihre Mundwinkel, und ihr ganzer Körper zitterte.

Bald unterschied man das Schnarren der Klapphörner, die hellen Stimmen der Kinder, die tiefe Stimme der Männer. Zuzeiten schwieg alles, und das Geräusch der Schritte, das die Blumen dämpften, klang wie das einer Herde auf dem Rasen. Die Geistlichkeit erschien im Hof. Die Simonin kletterte auf einen Stuhl, um das runde Guckloch zu erreichen, und überschaute so den Altar.

Grüne Girlanden hingen um den Altar, der mit einer Falbel aus englischen Spitzen geschmückt war. In der Mitte stand ein kleiner Rahmen, der Reliquien umschloß, an den Ecken zwei Orangenbäume und auf der ganzen Länge silberne Leuchter und Porzellanvasen, aus denen Sonnenblumen, Lilien, Pfingstrosen, Fingerhut und Büsche von Hortensien ragten. Dieser Berg von leuchtenden Farben fiel schräg von der ersten Stufe bis zum Teppich ab und setzte sich auf dem Pflaster fort; und seltene Dinge zogen die Blicke auf sich. Eine goldene Zuckerdose trug einen Veilchenkranz, Ohrgehänge aus Alençonner Stein glänzten auf Moos, zwei chinesische Wandschirme zeigten ihre Landschaften. Unter Rosen verborgen ließ Lulu nur seine blaue Stirn sehen, die einem Stück Lapislazuli glich.

Die Kirchenvorsteher, die Sänger, die Kinder reihten sich an den drei Seiten des Hofes auf. Der Priester erklomm langsam die Stufen und setzte seine große strahlende goldene Sonne auf die Spitzendecke. Alle knieten nieder. Tiefe Stille trat ein. Und die Weihrauchfässer glitten schwungvoll an ihren Kettchen.

Ein blauer Rauch stieg in Félicités Zimmer. Sie streckte die Nase vor, ihn mit mystischer Lust einsaugend; dann schloß sie die Augen. Ihre Lippen lächelten. Die Schläge ihres Herzens verlangsamten sich mit jedem Mal, mit jedem Mal wurden sie schwächer, leiser, wie ein Quell, der versiegt, wie ein Echo, das verklingt; und als sie ihren letzten Atemzug tat, glaubte sie, in dem geöffneten Himmel einen riesigen Papagei zu sehen, der über ihrem Haupt schwebte.

Die Legende von Sankt Julian dem Gastfreien

I

Julians Vater und Mutter bewohnten ein Schloß; das stand am Abhang eines Hügels, mitten in den Wäldern. Die vier Ecktürme hatten spitze, mit Bleiziegeln gedeckte Dächer, und das Fundament der Mauern stützte sich auf Felsblöcke, die jäh abfielen, bis auf den Grund der Wassergräben.

Das Pflaster des Hofes war sauber wie die Fliesen in einer Kirche. Lange Dachrinnen, in Gestalt von Drachen mit dem Rachen nach unten, spien das Regenwasser in die Zisterne; und auf den Fenstersimsen aller Stockwerke sprossen in bemalten Tontöpfen Königskraut oder Heliotrop.

Eine zweite, aus Pfählen bestehende Einfriedung umschloß zunächst einen Obstgarten, dann ein Beet, wo Kombinationen von Blumen geheimnisvolle Figuren bildeten, weiter Laubengänge aus Weinreben zum Luftschöpfen und ein Mailspiel, das der Zerstreuung der Pagen diente. Auf der andern Seite befanden sich der Hundestall, die Pferdeställe, die Bäckerei, die Kelter und die Scheunen. Eine Trift von grünem Rasen zog sich rings herum, ihrerseits wieder von einer starken Dornenhecke umgeben.

Man lebte seit so langer Zeit in Frieden, daß das Fallgatter sich nicht mehr senkte; die Gräben waren voll Wasser; Schwalben bauten ihre Nester in den Spalten der Schießscharten; und der Bogenschütze, der den ganzen Tag über auf dem Mittelwall auf und ab spazierte, verzog sich, sobald die Sonne zu stark schien, in das Wachthäuschen und schlief ein wie ein Mönch.

Im Innern sah man nur glänzende Eisenbeschläge; Wandteppiche hielten in den Zimmern die Kälte ab; und die Schränke quollen über von Leinen, die Weintonnen häuften sich in den Kellern, die eichenen Truhen krachten unter der Last der Geldsäcke.

Im Waffensaal erblickte man zwischen Standarten und Köpfen von wilden Tieren Waffen aller Zeiten und aller Völker, von den Schleudern der Amalekiter und den Wurfspießen der Garamanten bis zu den kurzen Schwertern der Sarazenen und den Panzerhemden der Normannen.

An dem größten Bratspieß der Küche konnte man einen Ochsen wenden; die Kapelle war von einem Prunk wie das Bethaus eines Königs. An einem abgelegenen Ort gab es sogar ein römisches Bad, aber der edle Herr versagte sich seine Benutzung, da das nach seiner Schätzung eine Sitte der Heiden war.

Stets in einen Fuchspelz gehüllt, schritt er durch sein Haus, sprach seinen Vasallen Recht, schlichtete die Streitigkeiten der Nachbarn. Im Winter schaute er dem Fall der Schneeflocken zu oder ließ sich Geschichten vorlesen. Mit Anbruch der ersten schönen Tage ritt er auf seinem Maultier die kleinen Wege entlang, zur Seite der grünenden Saatfelder, und er schwatzte mit den Landleuten, denen er Ratschläge erteilte. Nach vielen Abenteuern hatte er ein Fräulein von hoher Abkunft zur Gattin gewählt.

Sie hatte eine sehr weiße Haut, war etwas stolz und von ernster Gemütsart. Die Auswüchse ihres Kopfputzes streiften den Querbalken der Türen; die Schleppe ihres Tuchgewandes schleifte drei Schritte hinter ihr. Ihr Hauswesen war geregelt wie das Innenleben eines Klosters; jeden Morgen verteilte sie die Arbeit an die Mägde, überwachte die Bereitung der eingemachten Früchte und Salben, spann am Rocken oder stickte Altardecken. Kraft ihrer Gebete zu Gott kam sie zu einem Sohn.

Da war große Freude, und man gab ein Gastmahl, das drei Tage und vier Nächte dauerte, im Lichterglanz derWachskerzen, beim Klang der Harfen, wobei der Boden mit Blättern bestreut war. Man aß die seltensten Gewürze zu Hühnern so groß wie Hammel; zur Belustigung entstieg einer Pastete ein Zwerg, und da die Schalen nicht ausreichten, denn die Menge wuchs beständig, war man genötigt, aus den Hörnern und den Helmen zu trinken.

Die junge Mutter wohnte diesen Festlichkeiten nicht bei. Sie hielt sich ruhig im Bett. An einem Abend erwachte sie, und sie bemerkte in einem Mondstrahl, der durch das Fenster fiel, etwas wie einen sich bewegenden Schatten. Es war ein Greis in einer Mönchskutte aus grobem Stoff mit einem Rosenkranz an der Seite, einem Bettelsack auf der Schulter, ganz die Erscheinung eines Einsiedlers. Er näherte sich dem Kopfende ihres Bettes und sagte, ohne die Lippen zu bewegen:

"Freue dich, o Mutter! Dein Sohn wird ein Heiliger sein!"

Sie wollte schreien; doch auf dem Strahl des Mondes gleitend, erhob er sich langsam in die Luft und verschwand. Der Gesang des Gelages wurde lauter. Sie hörte die Stimmen der Engel; und ihr Haupt sank auf das Kopfkissen, über dem ein Märtyrergebein in einem Rahmen aus Karfunkeln hing.

Am folgenden Tag erklärten sämtliche Diener auf Befragen, daß sie keinen Eremiten gesehen hätten. Traum oder Wirklichkeit, es mußte eine Mitteilung des Himmels sein; aber sie hütete sich, irgend etwas davon zu sagen, aus Furcht, man möchte sie des Hochmuts anklagen.

Die Geladenen brachen in der Dämmerung auf; und der Vater Julians befand sich außerhalb des Ausfalltores, wohin er den letzten Gast soeben geleitet hatte, als plötzlich im Nebel ein Bettler vor ihm stand. Es war ein Böhme, mit geflochtenem Bart, mit silbernen Spangen an beiden Armen und flammenden Augen. Er stammelte mit begeisterter Miene folgende Worte, ohne Zusammenhang:

"Oh! oh! Dein Sohn! ... viel Blut! ... viel Ruhm! ... immer im Glück! die Familie eines Kaisers."

Und während er sich bückte, um das Almosen aufzuheben, verlor er sich im Grase und verschwand.

Der gute Schloßherr blickte nach rechts und nach links, rief, so laut er konnte. Niemand! Der Wind pfiff, die Morgennebel verflogen.

Er schrieb diese Erscheinung der Ermüdung seines Kopfes zu, da er zu wenig geschlafen hatte. "Wenn ich davon spreche, wird man sich über mich lustig machen", dachte er bei sich. Indessen blendete ihn der Glanz, der seinem Sohn bestimmt war, obgleich die Prophezeiung nicht klar war und er sogar zweifelte, sie gehört zu haben.

Die Gatten verbargen ihr Geheimnis voreinander. Aber beide liebten das Kind mit gleicher Liebe; und sie achteten es als von Gott gezeichnet und behandelten es mit unendlicher Rücksicht. Sein Bettchen war mit dem feinsten Flaum gefüllt; beständig brannte darüber eine Lampe in Form einer Taube; drei Ammen wiegten es; und wenn es so fest in seine Windeln gewickelt war, glich es mit seiner rosigen Miene und seinen blauen Augen, in seinem Brokatmantel und seinem perlenbesetzten Häubchen einem kleinen Jesuskind. Die Zähne kamen ihm, ohne daß es ein einziges Mal weinte.

Als es sieben Jahre alt war, brachte ihm seine Mutter das Singen bei. Damit es mutig werde, setzte sein Vater es auf ein großes Pferd. Das Kind lächelte vor Vergnügen und war bald mit allem vertraut, was man über Streitrosse wissen muß.

Ein alter, sehr gelehrter Mönch lehrte es die Heilige Schrift, die arabischen Zahlen, die lateinischen Buchstaben und auch, wie man hübsche

Malereien auf Pergament macht. Sie arbeiteten zusammen, ganz oben in einem kleinen Turm, abseits vom Lärm.

Wenn die Lektion zu Ende war, stiegen sie in den Garten hinab, wo sie, auf und ab spazierend, die Blumen studierten.

Manchmal sah man unten im Tal eine Reihe von Lasttieren vorbeiziehen, die von einem orientalisch gekleideten Mann zu Fuß angeführt wurden. Der Schloßherr, der in ihm einen Kaufmann erkannt hatte, sandte einen Diener nach ihm aus. Der Fremde faßte Vertrauen und bog von seinem Weg ab; und nachdem er ins Sprechzimmer eingelassen war, nahm er aus seinen Koffern Samt- und Seidenwaren, Goldschmiedearbeiten, Spezereien und merkwürdige Sachen, deren Verwendung unbekannt war; und schließlich ging der Kerl mit einem tüchtigen Profit davon, ohne daß ihm irgendwie Gewalt geschehen war. Andere Male klopfte eine Schar Pilger an die Tür. Ihre durchnäßten Kleider dampften am Herd; und wenn sie sich gesättigt hatten, erzählten sie ihre Reisen: das Umherirren der Schiffe auf dem schäumenden Meer, ihre Wanderungen durch den brennenden Sand, die Wildheit der Heiden, die Höhlen Syriens, die Krippe und das Heilige Grab. Dann schenkten sie dem jungen Herrn Muscheln von ihren Mänteln.

Häufig veranstaltete der Schloßherr für seine alten Waffengefährten ein Gelage. Während sie tranken, gedachten sie ihrer Kriege, der Stürme auf die Festungen mit dem Dröhnen der Maschinen und den erstaunlichen Wunden. Julian, welcher ihnen zuhörte, stieß dabei Schreie aus; dann zweifelte sein Vater nicht, daß er einst ein Eroberer sein würde. Doch wenn man am Abend aus dem Angelus kam und er an den sich verneigenden Armen vorbeischritt, griff er mit so viel Bescheidenheit und mit einem so edlen Ausdruck in seine Börse, daß seine Mutter fest damit rechnete, ihn einmal als Erzbischof zu sehen.

In der Kapelle war sein Platz an der Seite seiner Eltern; und so lange auch immer der Gottesdienst dauerte, er blieb auf den Knien in seinem Betstuhl, das Barett am Boden und die Hände gefaltet.

Eines Tages bemerkte er während der Messe, als er den Kopf hob, eine kleine weiße Maus, die aus einem Loch in der Mauer kam. Sie trippelte auf die erste Stufe des Altars und entfloh in derselben Richtung, nachdem sie zwei oder drei Wendungen nach rechts und links gemacht hatte. Am folgenden Sonntag störte ihn der Gedanke, er könnte sie wiedersehen. Sie kam; und jeden Sonntag wartete er auf sie, fühlte sich von ihr belästigt, faßte einen Haß auf sie und beschloß, sich ihrer zu entledigen.

Nachdem er also die Tür geschlossen und Kuchenkrümel auf die Stufen gestreut hatte, stellte er sich vor dem Loch auf, eine Gerte in der Hand.

Nach sehr langer Zeit erschien eine rosige Schnauze, dann die ganze Maus. Er tat einen leichten Schlag und blieb starr vor Staunen vor diesem kleinen Körper, der sich nicht mehr regte. Ein Blutstropfen bildete einen Fleck auf der Fliese. Schnell wischte er ihn mit seinem Ärmel weg, warf die Maus hinaus und sagte niemand etwas davon.

Alle möglichen Arten von kleinen Vögeln pickten im Garten die Samenkörner auf. Er kam auf die Idee, Erbsen in ein Schilfrohr zu stecken. Wenn er in einem Baum Gezwitscher hörte, näherte er sich leise, hob sein Rohr, blies die Backen auf, und die Tierchen regneten so reichlich auf seine Schultern herab, daß er aus Freude über seinen Streich sich des Lachens nicht erwehren konnte.

Als er eines Morgens über den Mittelwall zurückkam, sah er auf dem Rand der Brustwehr eine große Taube, die sich in der Sonne blähte. Julian blieb stehen, um sie zu betrachten; da die Mauer an dieser Stelle schadhaft war, hatte er leicht einen Stein zur Hand. Er schwang seinen Arm, und der Stein traf den Vogel, der geradenwegs in den Graben fiel.

Er eilte hinunter, sich am Gestrüpp verletzend, den Graben durchstöbernd, flinker als ein junger Hund.

Die Taube zuckte, mit gebrochenen Flügeln in den Ästen eines Ligusters hängend.

Die Zähigkeit ihres Lebens reizte das Kind. Es begann, sie zu erdrosseln, und die Krämpfe des Vogels machten sein Herz klopfen, erfüllten es mit wilder, ungestümer Lust. Bei den letzten Zuckungen fühlte es seine Sinne schwinden.

Beim Abendessen erklärte sein Vater, in seinem Alter sollte man das Weidwerk erlernen; und er suchte ein altes Schreibheft hervor, das in Fragen und Antworten die ganzen Freuden des Jagens enthielt. Ein Meister zeigte darin seinem Schüler die Kunst, Hunde und Falken abzurichten, Fallen zu stellen, wie man den Hirsch an seiner Losung, den Fuchs an seiner Spur, den Wolf an seinem Lager erkennen kann, das beste Mittel, ihre Fährten auszumachen, sie aufzuscheuchen, wo sich gewöhnlich ihre Schlupfwinkel finden, welches die günstigsten Winde sind nebst der Aufzählung der Schreie und den Regeln des Jagdrechts.

Als Julian alle diese Dinge auswendig aufsagen konnte, stellte ihm sein Vater eine Meute zusammen.

Man unterschied darin zunächst vierundzwanzig Berberwindhunde, schneller als Gazellen, aber zum Davonlaufen geneigt; dann siebenzehn Paare bretonischer Hunde, auf rotem Grunde weiß gesprenkelt, unerschütterlich in ihrer Zuverlässigkeit, von kräftiger Brust und laute Beller. Für die Sauhatz und gefährliche Widergänge waren vierzig Pinscher da, behaart wie Bären. Tatarenhunde, fast so groß wie Esel, feuerfarben, mit breitem Rücken und geraden Läufen, waren bestimmt, die Auerochsen zu verfolgen. Das schwarze Fell der Wachtelhunde glänzte wie Seide; das Gekläff der Talbots war ebenso laut wie das der englischen Vorstehhunde. In einem besonderen Hof knurrten, während sie an ihren Ketten rissen und die Augen rollten, acht alanische Doggen, furchtbare Tiere, die den Reiter von unten anfallen und sich vor Löwen nicht fürchten.

Alle fraßen Weizenbrot, soffen aus steinernen Trögen und trugen klangvolle Namen.

Die Meute wurde von der Falknerei womöglich noch übertroffen; der edle Herr hatte sich, vermöge seines Geldes, kaukasische Sperbermännchen, babylonische Würgefalken, Gerfalken aus Deutschland und Wanderfalken verschafft, die man in fernen Landen, auf den Klippen nordischer Meere gefangen hatte. Sie hausten in einem strohbedeckten Schuppen und hatten, der Größe nach auf der Sitzstange angekettet, vor sich ein Stück Rasen, worauf man sie von Zeit zu Zeit setzte, um sie nicht steif werden zu lassen.

Beutelnetze, Fußangeln, Wolfseisen, alle Arten von Fallen wurden angefertigt.

Oft ließ man Hühnerhunde ins Feld, die sehr schnell zum Stellen kamen. Dann gingen Piköre behutsam vor und breiteten vorsichtig ein ungeheures Netz über ihre regungslosen Leiber. Auf ein Zeichen fingen sie an zu bellen; Wachteln flogen auf; und die Damen der Umgegend, die zusammen mit ihren Gatten geladen waren, die Kinder und die Kammerfrauen, sie alle stürzten sich auf sie und fingen sie ohne Mühe.

Andere Male schlug man, um die Hasen aufzuscheuchen, die Trommel; Füchse stürzten in die Gruben, oder ein zuschnappendes Eisen erwischte einen Wolf am Fuß.

Doch Julian verachtete diese bequemen Kunstgriffe; er zog es vor, abseits von den anderen zu jagen, mit seinem Roß und seinem Falken. Es war fast immer ein großer, schneeweißer skythischer Wanderfalke. Über seiner Lederkappe wippte ein Federbusch, goldene Glöckchen zitterten an seinen blauen Krallen; und sicher hielt er sich auf seines Herrn Arm, während das Roß galoppierte und die Ebenen sich vor ihnen entrollten. Julian ließ ihn, die Leine lösend, plötzlich frei; das kühne Tier stieg gerade wie ein Pfeil in die Luft, und man sah zwei ungleiche Punkte kreisen, sich vereinigen und schließlich im Himmelsblau verschwinden. Nicht lange, und der Falke kehrte zurück, zerriß im Flug einen Vogel und setzte sich, mit zitternden Flügeln, wieder auf den Handschuh.

Julian beizte auf diese Weise den Reiher, den Milan, die Krähe und den Geier.

Er liebte es, das Jagdhorn blasend, seinen Hunden zu folgen, die den Abhang der Hügel hinabliefen, über die Bäche sprangen und wieder in den Wald hinaufjagten; und wenn der Hirsch unter ihren Bissen zu ächzen begann, stach er ihn hurtig ab und ergötzte sich dann an der Wut der Hunde, die ihn verschlangen, nachdem er auf seiner dampfenden Haut zerlegt war.

An nebligen Tagen begab er sich in einen Sumpf, um Gänse, Ottern und Wildenten aufzuspüren.

Drei Knechte erwarteten ihn mit Tagesanbruch am Fuß der Freitreppe, und der alte Mönch, der sich aus seiner Luke beugte, mochte ihm noch so viele Zeichen machen, um ihn zurückzurufen, Julian kehrte nicht um. In der sengenden Sonne, bei Regen, im Sturm zog er aus, trank aus der Hand das Wasser der Quellen, aß im Reiten wilde Apfel und ruhte, wenn er müde war, unter einer Eiche; und inmitten der Nacht kam er heim, von Blut und Schmutz bedeckt, mit Dornen im Haar und mit dem Geruch der wilden Tiere behaftet. Er wurde wie sie. Wenn seine Mutter ihn küßte, ließ er kühl ihre Umarmungen geschehen, schien indessen tiefen Dingen nachzusinnen.

Er tötete Bären durch Dolchstöße, Stiere mit der Axt, Eber mit dem Spieß; und einmal verteidigte er sich sogar, nur mit einem Stock bewaffnet, gegen Wölfe, die am Fuße eines Galgens Leichen zernagten.

An einem Wintermorgen zog er vor Tag davon, wohl ausgerüstet, eine Armbrust über der Schulter und ein Bündel Pfeile am Sattelbogen.

Sein dänischer Hengst, dem zwei Dachshunde folgten, ließ in gleichmäßigem Schritt die Erde erdröhnen. Tropfen froren an seinem Mantel fest, ein heftiger Wind blies. Eine Seite des Himmels hellte sich auf, und im Schein der Dämmerung bemerkte er Kaninchen, die vor ihrem Bau herumhoppelten. Sogleich stürzten sich die beiden Dachshunde auf sie; und hitzig, bald hier, bald dort, zerbrachen sie ihnen das Rückgrat. Bald kam er in einen Wald. Auf dem Ende eines Astes schlief ein vor Kälte erstarrter Auerhahn, den Kopf unter dem Flügel. Julian schnitt ihm mit einem Schwerthieb beide Füße ab und setzte, ohne ihn aufzuheben, seinen Weg fort.

Drei Stunden später befand er sich auf dem Gipfel eines so hohen Berges, daß der Himmel fast schwarz erschien. Vor ihm fiel, einen Abgrund überhängend, einer langen Mauer gleich, ein Fels ab, und an dessen äußerstem Ende schauten zwei Böcke in die Tiefe. Da er keine Pfeile hatte (denn sein Pferd war zurückgeblieben), kam ihm der Gedanke, zu ihnen hinabzusteigen; halb gebeugt, mit bloßen Füßen, gelangte er schließlich bis zum ersten der Böcke und stieß ihm einen Dolch in die Rippen. Der zweite sprang, von Schrecken gepackt, ins Leere. Julian schnellte hoch, um ihn zu treffen und fiel, mit dem rechten Fuß ausgleitend, auf den Kadaver des andern, das Gesicht über dem Abgrunde, die Arme ausgebreitet.

Zurück in der Ebene, folgte er den Weiden, die einen Fluß säumten. Kraniche, die sehr niedrig flogen, zogen von Zeit zu Zeit über seinem Kopf dahin. Julian erschlug sie mit seiner Peitsche, und verfehlte nicht einen.

Inzwischen hatte die lauere Luft den Rauhreif geschmolzen, breite Nebelstreifen wogten, und die Sonne kam hervor. Ganz in der Ferne sah er einen erstarrten See leuchten, der wie Blei aussah. Mitten im See schwamm ein Tier, das Julian nicht kannte, ein Biber mit schwarzer Schnauze. Trotz der Entfernung erlegte ihn ein Pfeil; und es tat ihm leid, daß er das Fell nicht mitnehmen konnte.

Dann bog er in einen Weg mit großen Bäumen ein, die mit ihren Gipfeln am Eingang eines Waldes gleichsam einen Triumphbogen bildeten. Ein Reh sprang aus dem Dickicht, ein Damhirsch erschien an einer Kreuzung, ein Dachs kroch aus seinem Bau hervor, ein Pfau schlug auf dem Rasen sein Rad; – und als er alle niedergemacht hatte, stellten sich andere Rehe, andere Damhirsche, andere Dachse, andere Pfauen ein und Amseln, Häher, Iltisse, Füchse, Igel, Luchse, eine Unzahl von Tieren, die bei jedem Schritt größer wurde. Sie umkreisten ihn, zitternd, mit einem Blick voll Sanftmut und Flehen. Aber Julian wurde des Niedermetzelns nicht müde, während er abwechselnd die Armbrust spannte, das Schwert aus der Scheide zog, mit seinem Hirschfänger zustach, und er dachte an nichts, hatte keine Erinnerung, von was es auch sei. Er war in irgendeinem beliebigen Land auf der Jagd, seit unbegrenzter Zeit, und allein durch die Tatsache seiner eigenen Existenz ging alles mit der Leichtigkeit vor sich, die man in Träumen empfindet. Ein außerordentlicher Anblick brachte ihn zum Einhalten. Ein kleines arenaförmiges Tal war voll von Hirschen; und sie wärmten sich, dicht aneinandergedrängt, mit ihrem Atem, den man durch den Nebel dampfen sah.

Die Aussicht auf ein Blutbad nahm ihm in freudiger Erregung während einiger Minuten den Atem. Dann stieg er vom Roß, krempelte seine Ärmel auf und begann zu schießen.

Beim Schwirren des ersten Pfeils wandten alle Hirsche den Kopf. Es bildeten sich leere Stellen in ihrer Masse; klagende Laute erhoben sich, und eine große Erregung ging durch die Herde.

Der Rand des Tals war zum Überspringen zu hoch. Die Hirsche bäumten sich in der Umfriedung und suchten zu entkommen. Julian zielte, schoß, und die Pfeile fielen nieder wie ein Gewitterregen. Die wild gewordenen Hirsche stießen sich, bäumten sich, stiegen übereinander, und ihre Körper mit den ineinander verschlungenen Geweihen bildeten einen kleinen Berg, der einstürzte, wenn er sich verschob.

Schließlich verendeten sie, auf den Sand hingestreckt, Schaum an den Nüstern, die Eingeweide hervorquellend, während die Zuckungen ihrer Leiber allmählich nachließen. Dann lag alles regungslos.

Die Nacht brach herein; und jenseits des Waldes leuchtete durch die Zwischenräume der Zweige der Himmel rot wie ein blutgetränktes Tuch.

Julian lehnte sich an einen Baum. Er betrachtete mit weit aufgerissenen Augen die Ungeheuerlichkeit des Gemetzels, ohne zu fassen, wie er es hatte begehen können.

Auf der andern Seite des Tals bemerkte er am Waldrand einen Hirsch, eine Hindin und ihr Kälbchen.

Der Hirsch, der schwarz und von ungeheurem Bau war, hatte ein sechzehnendiges Geweih und einen weißen Bart. Die Hindin, gelb wie welkes Laub, äste das Gras, und das gefleckte Kälbchen sog an ihrem Euter, ohne sie im Gehen zu stören. Noch einmal schnarrte die Armbrust. Das Kälbchen war sofort tot. Da klagte seine Mutter, zum Himmel blickend, mit einer tiefen, herzzerreißenden menschlichen Stimme. Julian, außer sich, streckte sie mit einem Schuß mitten in die Brust nieder.

Der große Hirsch hatte ihn erblickt und machte einen Satz. Julian schickte ihm seinen letzten Pfeil. Er traf ihn an der Stirn, und der Pfeil blieb dort stecken.

Der große Hirsch schien ihn nicht zu spüren; und über die Toten steigend kam er immer näher, wollte sich auf ihn stürzen und ihn zerreißen; und

Julian wich in einem unsagbaren Grauen zurück. Das wunderbare Tier blieb stehen; und mit flammenden Augen, feierlich wie ein Patriarch und Richter, wiederholte es dreimal, während in der Ferne eine Glocke klang:

"Sei verflucht! verflucht! verflucht! Eines Tages, grausames Herz, wirst du deinen Vater und deine Mutter ermorden!"

Er sank in die Knie, schloß langsam die Lider und verendete.

Julian war bestürzt, dann wurde er von plötzlicher Ermattung überwältigt; und ein Ekel, eine ungeheure Traurigkeit überkamen ihn. Die Stirn in den Händen, weinte er lange.

Sein Roß war verloren; seine Hunde hatten ihn verlassen; die Einsamkeit, die ihn umgab, schien ihm voll dräuender Gefahren. Da begann er, von Entsetzen gepackt, zu laufen, querfeldein, wählte aufs Geratewohl einen Weg und befand sich fast unmittelbar darauf am Tor des Schlosses.

In der Nacht konnte er nicht schlafen. Im flackernden Schein der Ampel erblickte er immer wieder den großen schwarzen Hirsch. Seine Prophezeiung verfolgte ihn; er kämpfte gegen sie an. "Nein! nein! nein! ich kann sie nicht töten!" Dann dachte er: "Wenn ich es aber wollte?..." und er hatte Angst, der Teufel könnte ihm die Lust dazu eingeben.

Drei Monate hindurch betete seine Mutter in Ängsten am Kopfende seines Bettes, und seufzend und ohne Unterlaß durchwanderte sein Vater die Gänge. Er ließ die berühmtesten Meister unter den Ärzten kommen, die eine Unmenge Arzneien verordneten. Julians Krankheit, sagten sie, habe ihren Grund in einem unheilvollen Wind oder in einem Liebesverlangen. Doch der junge Mann schüttelte auf alle Fragen nur den Kopf.

Seine Kräfte kehrten zurück; und man führte ihn in den Hof, wobei ihn der alte Mönch und der edle Herr, jeder unter einem Arm, stützten.

Als er wieder vollkommen gesund war, weigerte er sich hartnäckig, zu jagen.

Sein Vater schenkte ihm, um ihm eine Freude zu machen, ein großes sarazenisches Schwert.

Es befand sich in einer Waffensammlung oben an einem Pfeiler. Um es zu erreichen, mußte man sich einer Leiter bedienen. Julian stieg hinauf. Das zu schwere Schwert entglitt seinen Fingern und streifte im Fallen den edlen Herrn so dicht, daß sein Überrock dadurch zerschnitten wurde; Julian glaubte seinen Vater getötet zu haben und fiel in Ohnmacht.

Von nun an fürchtete er die Waffen. Der Anblick eines bloßen Eisens ließ ihn erbleichen. Diese Schwäche bekümmerte seine Familie.

Schließlich befahl ihm der alte Mönch im Namen Gottes, der Ehre und seiner Vorfahren, sein ritterliches Handwerk wieder aufzunehmen.

Die Knappen belustigten sich alle Tage mit der Handhabung des Wurfspeers. Julian zeichnete sich bald darin aus. Er sandte den seinen nach den Hälsen von Flaschen, zerschlug die Zacken der Wetterfahne und traf auf hundert Schritt die Nägel in den Türen.

An einem Sommerabend, um die Stunde wo der Nebel die Dinge undeutlich macht, befand er sich im Laubengang des Gartens, als er ganz am Ende zwei weiße Flügel bemerkte, die auf der Höhe des Spaliers herumflatterten. Ohne Zweifelwar es ein Storch; und er schleuderte seinen Wurfspeer.

Ein herzzerreißender Schrei.

Es war seine Mutter, deren Haube mit den langen Flügeln an die Mauer genagelt war.

Julian floh aus dem Schloß und wurde nicht mehr gesehen.

II

Er schloß sich einem Haufen vorüberziehender Abenteurer an.

Er lernte Hunger, Durst, Fieber und Ungeziefer kennen. Er gewöhnte sich an den Lärm der Handgemenge, an den Anblick der Sterbenden. Der Wind gerbte seine Haut. Seine Glieder wurden hart im Umgang mit den Waffen; und da er sehr stark, mutig, maßvoll und umsichtig war, erhielt er ohne Mühe den Befehl über eine Abteilung.

Beim Beginn der Schlachten riß er seine Soldaten durch eine mächtige Bewegung seines Schwertes mit. An einem geknoteten Strick erstieg er nachts die Mauern der Zitadellen, vom Sturm geschaukelt, während die Funken des griechischen Feuers sich an seinen Panzer hefteten und kochendes Pech und geschmolzenes Blei von den Zinnen strömten. Oft zerschmetterte ein Stein seinen Schild. Brücken, von Menschen überladen, stürzten unter ihm ein. Seinen Streitkolben schwingend erledigte er vierzehn Reiter. In der Stechbahn streckte er alle nieder, die sich stellten. Mehr als zwanzigmal hielt man ihn für tot.

Durch Gottes Gnade kam er immer davon; denn er beschützte die Männer der Kirche, die Waisen, die Witwen und besonders die Greise. Wenn er einen vor sich hergehen sah, rief er ihn an, um sein Gesicht zu sehen, als ob er Angst gehabt hätte, ihn aus Versehen zu töten.

Fliehende Sklaven, aufständische Bauern, Bastarde ohne Vermögen, alle Arten Unerschrockene strömten unter seinen Fahnen zusammen, und er bildete ein Heer.

Es wuchs. Er wurde berühmt. Man bemühte sich um ihn.

Abwechselnd unterstützte er den Dauphin von Frankreich und den König von England, die Tempelritter von Jerusalem, den Surena der Parther, den Negus von Abessinien und den Kaiser von Kalkutta. Er bekämpfte mit Fischschuppen bedeckte Skandinavier, Neger, die mit Rundschilden aus Nilpferdhaut ausgerüstet waren und auf roten Eseln reitende goldfarbene Indier, die über ihren Diademen breite Säbel schwangen, die blanker waren als Spiegel. Er besiegte die Troglodyten und die Anthropophagen. Er durchzog so heiße Gegenden, daß unter der Sonnenhitze seine Haare von selbst in Brand gerieten wie Fackeln; und andere, die so kalt waren, daß sich die Arme vom Leibe lösten und zur Erde fielen; und Länder, wo es so viel Nebel gab, daß man marschierend von Spukgestalten begleitet wurde.

Bedrängte Republiken gingen ihn um Rat an. Bei Zusammenkünften mit Gesandten erlangte er unerhoffte Bedingungen. Wenn ein Monarch sich zu schlecht aufführte, erschien er plötzlich und machte ihm Vorhaltungen. Er befreite Völker. Er erlöste Königinnen, die in Türmen eingeschlossen waren. Kein anderer als er tötete die Viper von Mailand und den Drachen von Oberbirbach.

Nun hatte sich der Kaiser von Occitanien, nach seinem Triumph über die spanischen Muselmanen, in wilder Ehe mit der Schwester des Kalifen von Cordoba verbunden; und er hatte von ihr eine Tochter, die er christlich erzog. Doch der Kalif, der sich den Anschein gab, sich bekehren zu wollen, machte ihm einen Besuch, mit zahlreichem Gefolge, metzelte seine ganze Besatzung nieder und versenkte ihn in ein Kerkerloch, wo er ihn schlecht behandelte, um Schätze von ihm zu erpressen.

Julian eilte ihm zu Hilfe, vernichtete das Heer der Ungläubigen, belagerte die Stadt, tötete den Kalifen, schnitt ihm den Kopf ab und warf ihn wie eine Kugel über die Befestigungsmauern. Dann zog er den Kaiser aus dem Gefängnis und ließ ihn in Gegenwart seines ganzen Hofes wieder seinen Thron besteigen.

Als Belohnung für einen solchen Dienst übersandte ihm der Kaiser Körbe voll Silber; Julian wollte es nicht. Im Glauben, er wolle noch mehr, bot er ihm drei Viertel seiner Reichtümer an; erneute Ablehnung; dann, sein Reich mit ihm zu teilen; Julian dankte; und der Kaiser weinte darüber vor Verdruß, da er nicht wußte, wie er seine Dankbarkeit bezeigen sollte, als er plötzlich an seine Stirn schlug und einem Höfling ein Wort ins Ohr flüsterte; die Vorhänge einer Wandverkleidung öffneten sich, und ein junges Mädchen erschien.

Ihre großen schwarzen Augen glänzten wie zwei milde Lampen. Ein bezauberndes Lächeln öffnete ihre Lippen. Ihr gelocktes Haar verfing sich in den Edelsteinen ihres halboffenen Gewandes; und unter ihrem durchsichtigen Unterkleid erriet man die Jugend ihres Körpers. Sie war ganz reizend, etwas rundlich, in der Taille aber schlank.

Julian war von Liebe hingerissen, um so mehr, als er bis dahin ein sehr keusches Leben geführt hatte.

Man gab ihm also die Tochter des Kaisers zur Frau, dazu ein Schloß, das sie von ihrer Mutter hatte; und als die Hochzeitsfestlichkeiten zu Ende waren, trennte man sich nach endlosen Höflichkeitsbezeugungen von beiden Seiten.

Es war ein Palast aus weißem Marmor, der auf einer Landzunge inmitten eines Orangenhains in maurischem Stil erbaut war. Blumenterrassen führten bis zum Ufer eines Golfs, wo rosige Muscheln unter den Schritten knirschten. Hinter dem Schloß dehnte sich ein Wald in der Form eines Fächers. Der Himmel war stets blau, und die Bäume neigten sich bald unter der Meeresbrise, bald unter dem Wind aus den Bergen, die in der Ferne den Horizont schlossen.

Die von Dämmerung erfüllten Gemächer wurden durch die Verkleidungen der Mauern erhellt. Hohe Säulen, schlankwie Schilfrohre, trugen die Wölbung der Kuppeln, die mit Stalaktiten nachahmenden Reliefs verziert waren.

Es gab Springbrunnen in den Sälen, Mosaiken in den Höfen, verzierte Wände, tausend architektonische Feinheiten, und überall herrschte eine solche Stille, daß man das Rascheln eines Schals oder das Echo eines Seufzers hören konnte.

Julian zog nicht mehr in den Krieg. Er ruhte aus inmitten eines friedlichen Volkes; und jeden Tag zog eine Menge mit Kniebeugen und Handküssen nach orientalischer Sitte an ihm vorbei.

In Purpur gekleidet, stand er auf eine Fensterbrüstung gelehnt, während er sich seiner Jagden von einst erinnerte; und er hätte in der Wüste hinter Gazellen und Straußen herrennen mögen, im Bambus verborgen den Leoparden auflauern, Wälder voll von Rhinozerossen durchqueren, die Gipfel der unzugänglichsten Berge erklimmen, um besser auf die Adler zielen zu können, und auf den Eismeeren die weißen Bären erlegen.

Im Traum sah er sich manchmal, wie unser Vater Adam, im Paradies, von allen Tieren umgeben; er tötete sie, indem er den Arm ausstreckte; oder sie zogen paarweise der Größe nach vorüber, von den Elefanten und den Löwen bis zu den Wieseln und den Enten, wie an dem Tag, als sie Noahs

Arche bestiegen. Aus dem Schatten einer Höhle schleuderte er unfehlbare Wurfspeere auf sie; und es kamen andere, es nahm kein Ende; und er erwachte, die Augen wild rollend.

Befreundete Fürsten luden ihn zur Jagd ein. Er sagte stets ab, im Glauben, er könne durch diese Art Buße sein Unglück abwenden; denn es schien ihm das Schicksal seiner Eltern mit dem Morden der Tiere verknüpft zu sein. Doch litt er, weil er sie nicht sah, und sein anderes Verlangen wurde unerträglich.

Um ihn zu erheitern, ließ seine Gattin Gaukler und Tänzerinnen kommen.

Sie ließ sich mit ihm, in offener Sänfte, über Land tragen; zu anderen Zeiten saßen sie auf dem Bord eines Kahns und schauten den Fischen zu, die sich im himmelklaren Wasser tummelten. Oft warf sie ihm Blumen ins Gesicht; zu seinen Füßen kauernd spielte sie Weisen auf einer Mandoline mit drei Saiten; dann sagte sie, ihre beiden gefalteten Hände auf seine Schulter legend, mit zaghafter Stimme: "Was habt Ihr nur, lieber Herr?"

Er antwortete nicht oder brach in Schluchzen aus; eines Tages endlich gestand er ihr seine furchtbaren Gedanken.

Sie wies ihn zurück mit sehr einleuchtenden Gründen: sein Vater und seine Mutter waren wahrscheinlich tot; sollte er sie jemals wiedersehen, durch welchen Zufall, bei welchem Vorhaben käme er zu dieser Scheußlichkeit? Seine Angst war also grundlos, und er konnte sich wieder an das Jagen machen.

Julian lächelte, während er sie anhörte. Doch konnte er sich nicht entschließen, seinen Wunsch zu befriedigen.

Eines Abends im Monat August, als sie in ihrem Zimmer waren, hatte sie sich soeben niedergelegt, und er kniete zum Gebet nieder, als sie das Bellen eines Fuchses vernahmen, darauf leichte Schritte unter dem Fenster; und in der Dunkelheit erblickte er etwas wie Erscheinungen von Tieren. Die Versuchung war zu stark. Er langte nach seinem Köcher.

Sie schien überrascht.

"Um dir zu gehorchen!" sagte er, "bei Sonnenaufgang bin ich zurück."

Sie jedoch fürchtete ein verhängnisvolles Abenteuer.

Er beruhigte sie, dann ging er, erstaunt über die Unbeständigkeit ihrer Laune.

Kurz darauf meldete ein Page, daß zwei Unbekannte in Ermangelung des abwesenden Herrn sogleich die Schloßherrin zu sehen begehrten.

Und bald traten ein alter Mann und ein altes Weib ins Zimmer, gebeugt, staubbedeckt, in leinenen Kleidern und beide auf einen Stab gestützt.

Sie faßten sich ein Herz und erklärten, daß sie Julian Nachrichten von seinen Eltern brächten.

Sie beugte sich zu ihnen, um sie zu verstehen.

Doch als die beiden sich durch Blicke verständigt hatten, fragten sie sie, ob er sie immer noch liebe, ob er zuweilen von ihnen spräche.

"O ja!" sagte sie.

Da riefen sie:

"Wir sind es!" und sie setzten sich, da sie sehr matt und von der Anstrengung erschöpft waren.

Nichts gab der jungen Frau die Gewißheit, daß ihr Gemahl der Sohn dieser Leute sei.

Sie lieferten ihr den Beweis, indem sie ihr bestimmte Male auf seiner Haut beschrieben.

Sie sprang von ihrem Lager auf, rief ihren Pagen und ließ ihnen ein Mahl auftragen.

Obgleich sie großen Hunger hatten, vermochten sie kaum zu essen; und sie beobachtete verstohlen das Zittern ihrer knochigen Hände, mit denen sie die Becher hielten.

Sie stellten ihr tausend Fragen über Julian. Sie antwortete auf jede, doch trug sie Sorge, den grausigen Gedanken nicht zu berühren, der sie betraf.

Als sie gesehen hatten, daß er nicht zurückkehrte, hatten sie ihr Schloß verlassen; und sie wanderten seit mehreren Jahren auf unbestimmte Hinweise hin, ohne die Hoffnung zu verlieren. Das hatte sie so viel Geld gekostet, für den Brückenzoll und für die Herbergen, für die Abgaben an die Fürsten und die Forderungen der Wegelagerer, daß ihre Geldtasche bis auf den Grund leer war und sie jetzt betteln gingen. Was tat es, da sie bald ihren Sohn umarmten? Sie priesen sein Glück, daß er eine so reizende Frau hatte, und wurden nicht müde, sie zu betrachten und zu küssen.

Die Pracht des Gemaches setzte sie in großes Erstaunen; und der Greis, der die Mauern gemustert hatte, fragte, warum sich dort das Wappen des Kaisers von Occitanien befände.

Sie erwiderte:

"Er ist mein Vater!"

Da schauerte er zusammen, da er sich der Prophezeiung des Zigeuners erinnerte; und die Alte dachte an das Wort des Einsiedlers. Ohne Zweifel war der Ruhm ihres Sohnes nur die Morgenröte eines ewigen Glanzes; und alle beide verharrten in stummem Staunen beim Schein des Leuchters, der den Tisch erhellte.

In ihrer Jugend mußten sie sehr schön gewesen sein. Die Mutter hatte noch immer ihr volles Haar, das in feinen schneeweißen Strähnen bis auf ihre Wangen herabfiel; und der Vater glich mit seiner hohen Gestalt und seinem großen Bart einer Kirchenstatue.

Julians Frau bewog sie, nicht auf ihn zu warten. Sie überließ ihnen ihr eigenes Bett und schloß das Fenster; sie schliefen ein. Der Tag dämmerte, und hinter den Scheiben begannen die kleinen Vögel zu singen.

****

Julian hatte den Park durchquert; und er ging federnden Schritts durch den Wald, sich an dem weichen Boden und der milden Luft weidend.

Die Schatten der Bäume breiteten sich über das Moos. Manchmal bildete der Mond weiße Flächen in den Lichtungen, und er zögerte weiterzugehen, da er eine Wasserlache wahrzunehmen glaubte, oder die Oberfläche stiller Weiher vermengte sich mit der Farbe des Grases. Überall war tiefe Stille; und er entdeckte keines der Tiere, die wenige Minuten vorher noch um sein Schloß gestrichen waren.

Der Wald wurde dichter, die Dunkelheit wurde tief. Wellen heißen Windes, voll von erschlaffenden Düften, zogen vorüber. Er sank in einen Haufen welker Blätter, und er lehnte sich an eine Eiche, um ein wenig Luft zu schöpfen.

Plötzlich sprang hinter seinem Rücken eine schwarze Masse auf, ein Eber. Julian hatte keine Zeit, seinen Bogen zu ergreifen, und er grämte sich darüber wie über ein Unglück.

Dann, als er aus dem Wald trat, bemerkte er einen Wolf, der an einer Hecke entlanglief.

Julian sandte ihm einen Pfeil nach. Der Wolf blieb stehen, drehte den Kopf, um ihn zu sehen, und setzte sich wieder in Trab. Er lief, immer denselben Abstand einhaltend, blieb von Zeit zu Zeit stehen und begann, sobald auf ihn angelegt wurde, zu fliehen.

Auf diese Weise durchquerte Julian eine endlose Ebene, dann ging es über Sandhügel, und endlich befand er sich auf einer Hochebene, von wo man weite Strecken des Landes überschaute. Flache Steine lagen vereinzelt zwischen verfallenen Gewölben. Man stolperte über Totengebeine; hier und da neigten sich wurmstichige Kreuze von jämmerlichem Anblick. Im unbestimmten Schatten der Gräber aber regten sich Gestalten; und erschreckt und keuchend sprangen Hyänen daraus hervor. Mit ihren Krallen auf den Fliesen tappend, kamen sie an ihn heran und schnupperten, das Maul aufreißend, an ihm herum, wobei ihr Zahnfleisch sichtbar wurde. Er zog sein Schwert. Sie stoben zugleich in allen Richtungen davon und verloren sich, ihren hinkenden und doch eiligen Lauf fortsetzend, in der Ferne, in einer Staubwolke.

Eine Stunde später begegnete er in einer Schlucht einem wütenden Stier mit vorgestreckten Hörnern, der mit seinem Huf im Sande scharrte. Julian stieß ihm seine Lanze gegen die Wamme. Sie prallte ab, als ob das Tier aus

Bronze gewesen wäre; er schloß die Augen, in Erwartung des Todes. Als er sie wieder öffnete, war der Stier verschwunden.

Da wand sich sein Herz vor Scham. Eine höhere Macht lähmte seine Kraft; und um heimzukehren, trat er wieder in den Wald.

Lianen versperrten den Weg; und er durchschnitt sie mit seinem Schwert, als plötzlich ein Marder zwischen seinen Beinen durchglitt; ein Panther tat einen Satz über seine Schulter, eine Schlange ringelte sich um eine Esche.

In ihrem Laubwerk saß eine ungeheure Dohle, die Julian anschaute; zwischen den Zweigen sprühten hier und dortUnmengen von großen Funken, als ob der Himmel alle seine Sterne hätte in den Wald herabregnen lassen. Es waren die Augen von Tieren: Wildkatzen, Eichhörnchen, Eulen, Papageien, Affen.

Julian schnellte seine Pfeile auf sie ab; die Pfeile mit ihrem Gefieder setzten sich auf die Blätter wie weiße Schmetterlinge. Er warf mit Steinen nach ihnen; die Steine fielen herab, ohne etwas zu treffen. Er verfluchte sich, hätte sich schlagen mögen, stieß Verwünschungen aus, erstickte vor Wut.

Und alle Tiere, die er verfolgt hatte, stellten sich ein, indem sie um ihn einen engen Kreis schlossen. Teils saßen sie auf ihrem Hinterteil, teils hatten sie sich zu ihrer ganzen Länge aufgerichtet. Er harrte in ihrer Mitte, starr vor Entsetzen, unfähig der geringsten Bewegung. Mit der äußersten Aufbietung seines Willens tat er einen Schritt; diejenigen, die auf den Zweigen der Bäume saßen, breiteten ihre Flügel aus, die, welche auf dem Boden hockten, setzten sich in Bewegung; und alle begleiteten ihn.

Die Hyänen gingen ihm voraus, der Wolf und der Eber hinter ihm her. Der Stier zu seiner Rechten wiegte den Kopf; und zu seiner Linken ringelte sich die Schlange durch das Gras, während der Panther, seinen Rücken krümmend, mit leisen Schritten und in großen Sätzen vorankam. Er selbst ging so langsam wie möglich, um sie nicht zu reizen; und aus der Tiefe der Gebüsche sah er Stachelschweine, Füchse, Vipern, Schakale und Bären hervorkommen.

Julian begann zu laufen; sie liefen mit. Die Schlange zischte, die übelriechenden Tiere geiferten. Der Eber rieb seine Hauer an seinen Fersen, der

Wolf seine Schnauzhaare an seiner inneren Handfläche. Die Affen zwickten ihn, Fratzen schneidend, der Marder rollte sich zu seinen Füßen. Ein Bär schlug ihm mit seiner Tatze den Hut herab; und der Panther ließ verächtlich einen Pfeil fallen, den er im Maul trug.

Spottlust sprach aus ihrem tückischen Gebaren. Während sie ihn aus ihren Augenwinkeln beobachteten, schienen sie über einem Racheplan zu brüten; und betäubt vom Summen der Insekten, geschlagen von den Schwänzen der Vögel, erstickt vom Atem der Tiere, lief er mit ausgestreckten Armen und geschlossenen Lidern, wie ein Blinder, ohne auch nur die Kraft zu haben, "Gnade!" zu rufen.

Ein Hahnenschrei durchzitterte die Luft. Andere antworteten; es ward Tag; und über den Orangenbäumen erkannte er die Zinnen seines Palastes.

Dann erblickte er am Rande eines Feldes, drei Schritt von sich entfernt, rote Rebhühner, die über die Stoppeln flatterten. Er band seinen Mantel ab und schlug ihn wie ein Netz über sie. Als er sie aufdeckte, fand er nur ein einziges, seit langem totes, verwestes.

Diese Täuschung erbitterte ihn mehr als alle anderen. Sein Blutdurst packte ihn aufs neue; da sich keine Tiere fanden, hätte er Menschen niedermetzeln mögen.

Er erstieg die drei Terrassen und stieß die Tür mit einem Faustschlag auf; doch unten an der Treppe beschwichtigte die Erinnerung an seine liebe Frau sein Herz. Sie schlief gewiß, und er würde sie überraschen.

Nachdem er seine Sandalen abgezogen hatte, öffnete er leise das Schloß und trat ein. Die bleigefaßten Scheiben schwächten das blasse Licht der Morgendämmerung. Julians Füße verwickelten sich in Kleider, die am Boden lagen; etwas weiter stieß er gegen eine mit gebrauchtem Geschirr beladene Kredenz. "Sie wird gegessen haben", sagte er sich und schritt zum Bett, das sich im Hintergrund des Zimmers in der Dunkelheit verlor. Am Rand beugte er sich, um seine Frau zu umarmen, über das Kopfkissen, auf dem die beiden Häupter beieinander ruhten. Da empfand sein Mund den Druck eines Bartes.

Er fuhr zurück und glaubte, verrückt zu werden; doch er kam zum Bett zurück, und tastend fanden seine Finger Haare, die sehr lang waren. Um sich zu überzeugen, daß er sich geirrt hatte, strich er noch einmal langsam mit der Hand über das Kissen. Es war wirklich ein Bart, und ein Mann! ein Mann, der mit seiner Frau im Bett lag. In maßlosem Zorn stürzte er sich auf sie, mit dem Dolch um sich stechend; und er stampfte mit den Füßen, schäumte und heulte wie ein wildes Tier. Dann hielt er ein. Die Toten, ins Herz getroffen, hatten sich nicht einmal gerührt. Er horchte gespannt auf das fast gleiche Röcheln der beiden, und in dem Maße, wie es schwächer wurde, wurde es von jemand anders ganz in der Ferne aufgenommen. Anfangs unbestimmt, näherte sich diese klagende, langgezogene Stimme, schwoll an, wurde grausig; und entsetzt erkannte er das Schreien des großen schwarzen Hirschs.

Und wie er sich umwandte, glaubte er im Türrahmen das Gespenst seiner Frau mit einem Licht in der Hand zu erblicken.

Der Lärm des Mordes hatte sie herbeigeführt. Mit einem Blick begriff sie alles, und vor Entsetzen fliehend, ließ sie ihre Fackel fallen.

Er hob sie auf. Sein Vater und seine Mutter lagen vor ihm, auf dem Rücken ausgestreckt und mit einer Wunde in der Brust; und ihre Gesichter, von majestätischer Sanftheit, schienen ein ewiges Geheimnis zu hüten. Spritzer und Flecken von Blut waren auf ihrer weißen Haut, den Bettlaken, auf der Erde und an einem elfenbeinernen Christus, der im Alkoven hing. Der scharlachfarbene Widerschein der Scheibe, die gerade von der Sonne getroffen wurde, beleuchtete diese roten Flecken und streute ihrer noch mehr ins Zimmer. Julian ging auf die Toten zu, während er sich sagte, während er glauben wollte, daß das nicht möglich sei, daß er sich getäuscht habe, daß es manchmal unerklärliche Ähnlichkeiten gäbe. Schließlich beugte er sich leicht nieder, um den Greis ganz aus der Nähe zu sehen; und er bemerkte zwischen seinen nicht ganz geschlossenen Lidern ein erloschenes Auge, das ihn wie Feuer brannte. Dann begab er sich auf die andere Seite des Lagers, wo der andere Körper lag, dessen weißes Haar einen Teil des Gesichts verbarg. Julian schob seine Finger unter ihre Strähnen und hob ihr den Kopf; – und er betrachtete sie, sie mit seinem erstarrten

Arm haltend, während er in der andern Hand die Fackel hielt. Tropfen um Tropfen sickerte aus dem Polster und fiel auf die Diele.

Als der Tag sich neigte, erschien er bei seiner Frau; und mit einer Stimme, die nicht die seine war, befahl er ihr zuerst, ihm nicht zu antworten, sich ihm nicht zu nähern, ihn nicht einmal anzusehen, und daß sie bei Strafe der Verfluchung alle seine Befehle zu vollziehen habe, die unwiderruflich seien. Das Leichenbegängnis sollte nach den Anweisungen stattfinden, die er auf einem Betschemel im Zimmer der Toten schriftlich hinterlassen hatte. Er ließ ihr seinen Palast, seine Vasallen, all sein Gut, ohne auch nur die Kleider an seinem Leibe für sich zu behalten und seine Sandalen, die man oben an der Treppe finden würde.

Sie habe dem Willen Gottes gehorcht, indem sie sein Verbrechen veranlaßte, und solle für seine Seele beten, da er fortan nicht mehr existiere. Man bestattete die Toten mit großer Pracht in der Kirche eines Klosters, das drei Tage von dem Schloß entfernt war. Ein Mönch mit übergezogener Kapuze folgte dem Zug, weit hinter allen anderen, ohne daß jemand gewagt hätte ihn anzureden. Während der Messe blieb er unter der Kirchentür flach auf dem Boden ausgestreckt liegen, mit gekreuzten Armen und die Stirn im Staub. Nach der Bestattung sah man ihn den Weg einschlagen, der ins Gebirge führte. Er wandte sich mehrere Male um und verschwand schließlich.

III

Er zog davon, als Bettler sein Leben fristend. Unterwegs streckte er den Rittern seine Hand entgegen, mit gebeugten Knien näherte er sich den Schnittern, oder er harrte reglos vor den Schranken der Höfe; und sein Antlitz war so traurig, daß man ihm niemals das Almosen verweigerte.

Um sich zu demütigen, erzählte er seine Geschichte; dann flohen alle, das Zeichen des Kreuzes schlagend. In den Dörfern, durch die er schon gekommen war, schloß man die Türen, sobald man ihn wiedererkannte; man rief ihm Drohungen zu, man warf Steine nach ihm. Die Mildtätigsten stellten eine Schüssel auf den Rand ihres Fensters, dann schlossen sie den Laden, um ihn nicht zu sehen.

Überall verstoßen, floh er die Menschen und ernährte sich von Wurzeln, von Pflanzen, von Fallobst und von Muscheln, die er längs des Strandes suchte.

Manchmal, wenn er um einen Hügel bog, erblickte er vor sich ein Gewirr von dichtgedrängten Dächern mit steinernen Giebeln, Brücken, Türmen, dunklen, sich kreuzenden Gassen, aus denen ein ununterbrochenes Summen bis zu ihm heraufdrang.

Das Bedürfnis, am Dasein der anderen teilzunehmen, ließ ihn in die Stadt hinabsteigen. Aber der tierische Ausdruck der Gesichter, der Lärm der Geschäfte und die Gleichgültigkeit der Gespräche ließen sein Herz erstarren. An den Festtagen, wenn die dröhnenden Glocken der Kathedralen vom Tagesanbruch an das ganze Volk in Freude versetzten, sah er die Einwohner ihre Häuser verlassen; dann die Tänze auf den Plätzen, die Brunnen von Kräuterbier an den Straßenecken, die Damastbehänge vor den Behausungen der Fürsten, und wenn der Abend gekommen war, durch die Scheiben der Erdgeschosse, die langen Familientafeln, wo Großeltern kleine Kinder auf ihren Knien hielten; Schluchzen erstickte ihn, und er wandte sich in die Felder.

Mit überquellender Liebe betrachtete er die Fohlen auf den Weiden, die Vögel in ihren Nestern, die Insekten auf den Blumen; alle suchten das Weite, wenn er sich nahte, versteckten sich erschreckt oder flogen eilig davon.

Er suchte die Einsamkeit. Doch der Wind trug etwas wie Todesröcheln an sein Ohr; die Tautränen, die zu Boden fielen, gemahnten ihn an andere Tropfen, von größerem Gewicht. Jeden Abend goß die Sonne Blut in die Wolken; und jede Nacht, im Traum, wiederholte sich sein Elternmord.

Er machte sich ein Büßerhemd mit eisernen Stacheln. Er erklomm auf den Knien alle Hügel, die eine Kapelle auf ihrem Gipfel hatten. Doch die erbarmungslose Erinnerung verdüsterte den Glanz der Heiligtümer, marterte ihn noch in den Kasteiungen der Buße.

Er lehnte sich nicht auf gegen Gott, der ihm diese Tat auferlegt hatte, war aber verzweifelt darüber, daß er sie hatte begehen können.

Seine eigene Person flößte ihm einen solchen Abscheu ein, daß er, in der Hoffnung, sich ihrer zu befreien, sich in Gefahren stürzte. Er rettete Gelähmte aus Feuersbrünsten, Kinder aus Abgründen. Der Abgrund gab ihn zurück, die Flammen verschonten ihn.

Die Zeit linderte nicht seine Qual. Sie wurde unerträglich. Er beschloß zu sterben.

Und eines Tages, am Rande eines Brunnens, sah er, während er sich darüberbeugte, um die Tiefe des Wassers zu schätzen, sich einem Greis gegenüber, der abgezehrt, weißbärtig und von so jämmerlichem Aussehen war, daß er seineTränen nicht zurückhalten konnte. Auch der andere weinte. Ohne sein Antlitz zu erkennen, erinnerte sich Julian undeutlich, ein diesem ähnelndes Gesicht gesehen zu haben. Er stieß einen Schrei aus; es war sein Vater; und er dachte nicht mehr daran, sich zu töten.

So, die Last seiner Erinnerung tragend, durchwanderte er viele Länder; und er gelangte zu einem Fluß, dessen Überquerung gefährlich war, wegen seiner reißenden Strömung und weil an seinen Ufern viel Schlamm abgelagert war. Seit langem hatte es niemand gewagt, ihn zu überqueren.

Ein alter Kahn, mit abgesunkenem Heck, streckte seinen Bug aus dem Schilf. Als Julian ihn untersuchte, entdeckte er ein Paar Ruder; und es kam ihm der Gedanke, sein Dasein in den Dienst seiner Mitmenschen zu stellen.

Er begann damit, daß er auf der Böschung eine Art von Dammweg baute, der es ermöglichte, bis zum Fahrwasser hinabzugelangen; und er brach sich die Nägel beim Ausheben der riesigen Steine, preßte sie an seinen Bauch, um sie fortzuschaffen, glitt im Schlamm aus, versank darin und wäre mehrere Male beinahe umgekommen.

Sodann besserte er mit herumliegenden Schiffstrümmern das Boot aus und baute sich aus Lehm und Baumstämmen eine Hütte.

Die Fähre wurde bekannt, und die Reisenden fanden sich ein. Sie riefen ihn vom andern Ufer an, indem sie Fahnen schwenkten; schnell sprang Julian in seine Barke. Sie war sehr schwer; und man belud sie noch dazu mit aller Art Gepäck und Lasten, ganz zu schweigen von den Saumtieren, die, vor Furcht ausschlagend, das Gedränge noch vergrößerten. Er verlangte nichts für seine Mühe; einige gaben ihm Reste von Lebensmitteln, die sie aus ihren Felleisen zogen, oder Kleider, die so abgenutzt waren, daß sie sie nicht mehr tragen mochten. Rohe Gemüter schrien ihm Verwünschungen zu. Julian verwies es ihnen mit Sanftmut; und sie antworteten mit Flüchen. Er begnügte sich, sie zu segnen.

Ein kleiner Tisch, ein Schemel, ein Bett aus trockenem Laub und drei tönerne Becher, das war sein ganzes Hausgerät. Zwei Löcher in der Mauer dienten als Fenster. So weit das Auge reichte, breiteten sich auf der einen Seite unfruchtbare Ebenen, deren Oberfläche hier und da von bleichen Teichen unterbrochen war; und vor ihm wälzte der große Strom seine grünlichen Fluten. Im Frühling hatte die feuchte Erde einen Geruch von Verwesung. Dann wirbelte ein ungestümer Wind den Staub auf. Er drang überall ein, beschmutzte das Wasser, knirschte unter den Zähnen. Etwas später nahten Wolken von Stechmücken, deren Summen und Stechen bei Tag und bei Nacht kein Ende nahmen. Dann stellte sich schauriger Frost ein, der die Dinge hart wie Stein machte und ein wahnsinniges Verlangen nach Fleisch erregte.

Monate verflossen, ohne daß Julian jemanden sah. Oft schloß er die Augen und versuchte, durch das Gedächtnis, sich in seine Jugend zu versetzen – und der Hof eines Schlosses erschien, mit Windhunden auf der Freitreppe, Dienern im Waffensaal, und unter einer Reblaube ein Jüngling mit blondem Haar, zwischen einem in Pelz gehüllten Greis und einer Dame mit großer Flügelhaube; plötzlich lagen die beiden Leichen da. Er warf sich der Länge nach auf sein Lager und wiederholte unter Tränen:

"Oh! armer Vater! arme Mutter! arme Mutter!" Und er fiel in einen dumpfen Halbschlaf, in welchem die düsteren Gesichte ihn weiter verfolgten.

****

Eines Nachts, während er schlief, glaubte er zu hören, wie ihn jemand rief. Er reckte sein Ohr, vernahm aber nichts als das Brausen der Fluten.

Doch dieselbe Stimme fuhr fort:

"Julian!"

Sie kam vom andern Ufer, was ihm bei der Breite des Flusses ungewöhnlich erschien.

Ein drittes Mal rief man:

"Julian!"

Und diese laute Stimme hatte den Klang einer Kirchenglocke.

Als er seine Laterne angezündet hatte, trat er aus der Hütte. Ein wütender Sturm erfüllte die Nacht. Hier und da wurde die Finsternis durch den weißen Schaum der Wogen durchbrochen. Nach einem Augenblick des Zögerns löste Julian das Tau. Sogleich wurden die Wasser ruhig, die Barke glitt hinüber und stieß an das andere Ufer, wo ein Mann wartete. Er war in zerfetztes Leinen gehüllt, sein Gesicht glich einer Gipsmaske, und seine Augen waren röter als Kohlen. Als Julian sich ihm mit der Laterne näherte, bemerkte er, daß ein häßlicher Aussatz ihn bedeckte; dennoch war in seiner Haltung etwas Königlich-Majestätisches.

Sobald er die Barke betrat, sank sie, von seinem Gewicht niedergedrückt, merkwürdig ein; ein Stoß hob sie wieder; und Julian begann zu rudern.

Bei jedem Ruderschlag hob der Anprall der Wellen das Vorderteil in die Luft. Das Wasser, schwärzer als Tinte, strömte wütend beide Flanken entlang. Es wühlte Abgründe, türmte Berge auf, und die Barke sprang hinauf und sank zurück in die Tiefen, wo sie sich im Kreise drehte, vom Winde gepeitscht.

Julian beugte seinen Körper vor, reckte seine Arme, und mit den Füßen anstemmend, warf er sich mit einer Drehung seiner Hüften hintenüber, um mehr Kraft zu haben. Der Hagel peitschte seine Hände, der Regen rann ihm den Rücken herab, die Gewalt der Luft nahm ihm den Atem; er hielt ein. Da wurde das Boot von der Strömung fortgerissen. Doch da er begriff, daß etwas Bedeutsames geschah, ein Befehl waltete, dem man nicht ungehorsam sein durfte, faßte er die Ruder von neuem; und das Knarren der Dollen zerschnitt das Schreien des Sturmes.

Die kleine Laterne leuchtete vor ihm. Flatternde Vögel verbargen sie zuzeiten. Immer aber sah er die Augen des Aussätzigen, der hinten stand, aufrecht, unbeweglich wie eine Säule.

Und das dauerte lange, sehr lange!

Als sie in der Hütte angelangt waren, schloß Julian die Tür; und er sah ihn auf dem Schemel sitzen. Eine Art Leichentuch, das ihn einhüllte, war bis auf seine Hüften herabgesunken; und seine Schultern, seine Brust, seine mageren Arme verschwanden unter Placken schuppiger Pusteln. Ungeheure Falten durchfurchten seine Stirn. Gleich einem Skelett hatte er ein Loch anstelle der Nase; und seinen bläulichen Lippen entströmte ein Atem, dick wie Nebel und ekelhaft stinkend.

"Mich hungert!" sagte er.

Julian gab ihm, was er besaß, ein altes Speckstück und die Krusten eines schwarzen Brotes.

Als er sie verzehrt hatte, zeigten der Tisch, der Napf und der Messergriff dieselben Flecken, die man auf seinem Körper sah.

Dann sagte er: "Mich dürstet!"

Julian holte einen Krug; und als er ihn ergriff, entströmte ihm ein Duft, der sein Herz und seine Nasenflügel weitete. Es war Wein; welch ein Fund! Doch der Aussätzige streckte den Arm aus, und mit einem Zuge leerte er den ganzen Krug.

Darauf sagte er: "Mich friert!"

Julian setzte inmitten der Hütte mit seiner Kerze ein Bündel Farn in Brand.

Der Aussätzige wärmte sich daran; und auf seinen Fersen kauernd, zitterte er an allen Gliedern; seine Kräfte wichen, seine Augen glänzten nicht mehr, seine Geschwüre liefen, und mit fast erloschener Stimme murmelte er:

"Dein Bett!"

Julian half ihm behutsam, sich dorthin zu schleppen, und breitete, um ihn zu bedecken, die Plache seines Bootes über ihn.

Der Aussätzige wimmerte. Seine Mundwinkel legten die Zähne bloß, ein immer schneller werdendes Röcheln hob seine Brust, und sein Bauch höhlte sich bei jedem Atemholen bis zum Rückenwirbel.

Dann schloß er die Augen.

"Mir ist, als hätte ich Eis in den Knochen! Komm an meine Seite!"

Und Julian schob die Plache beiseite und legte sich auf die trockenen Blätter neben ihn, Seite an Seite.

Der Aussätzige wandte den Kopf.

"Zieh dich aus, damit ich die Wärme deines Körpers spüre!"

Julian legte seine Kleider ab; dann legte er sich, nackt wie am Tag der Geburt, wieder in das Bett; und er fühlte an seinen Schenkeln die Haut des Aussätzigen, die kälter war als eine Schlange und rauh wie eine Feile.

Er versuchte, ihm Mut zuzusprechen; und der andere antwortete ächzend:

"Ach! ich muß sterben!... Komm näher, wärme mich! Nicht mit den Händen! nein! mit deinem ganzen Leib!"

Julian breitete sich vollständig über ihm aus, Mund an Mund, Brust auf Brust.

Da umschlang ihn der Aussätzige; und seine Augen erglänzten plötzlich, klar wie die Sterne; seine Haare verlängerten sich wie die Strahlen der Sonne, der Hauch seiner Nasenflügel hatte die Lieblichkeit des Rosendufts; eine Weihrauchwolke erhob sich vom Herd, die Wellen sangen. Indessen senkte sich eine Fülle von Wonnen, eine überirdische Freude wie eine Flut in die Seele des verzückten Julian; und er, dessen Arme ihn umschlangen, wuchs fortwährend, wuchs, bis daß er mit seinem Haupt und seinen Füßen die beiden Mauern der Hütte berührte. Das Dach wurde fortgerissen, das Firmament breitete sich aus – und Julian stieg in den blauen Raum, von Angesicht zu Angesicht mit unserm Herrn Jesus Christus, der ihn in den Himmel trug.

****

Und das ist die Geschichte von Sankt Julian dem Gastfreien, ungefähr so, wie man sie auf einem Kirchenfenster in meiner Heimat findet.

Herodias

I

Die Feste Machärus erhob sich im Osten des Toten Meeres, auf der Kuppe eines kegelförmigen Basaltfelsens. Vier tiefe Täler umgaben sie, zwei auf den Seiten, eines an ihrer Front und das vierte im Rücken. Häuser drängten sich an ihren Fuß, innerhalb einer Mauer, die den Unebenheiten des Geländes folgend auf und nieder ging; und ein Zickzackweg, der den Felsen durchschnitt, verband die Stadt mit der Festung, deren Mauern hundertundzwanzig Ellen hoch waren und zahlreiche Vorsprünge und an den Rändern Zinnen hatten und hier und da Türme, die gleichsam die Verzierungen dieser über dem Abgrund aufgehängten Krone aus Stein bildeten. Im Innern befand sich ein Palast, der mit Säulengängen ausgestattet und mit einer Terrasse überdacht war, die ein Geländer aus Sykomorenholz umschloß; daran hatte man Masten angefügt, um ein Stoff dach darüber spannen zu können.

Eines Morgens, vor Tagesanbruch, fand sich dort der Tetrarch Herodes Antipas ein, stützte sich mit den Ellenbogen auf das Geländer und schaute hinab.

Alsbald begannen die Berge unter ihm ihre Kämme zu entschleiern, während ihre Hauptmasse, bis tief in die Abgründe, noch im Schatten lag. Ein Nebel schwebte, zerriß, und die Umrisse des Toten Meeres erschienen. Der Morgen, der sich hinter Machärus erhob, verbreitete seine Röte. Bald erhellte er die Sandflächen des Strandes, die Hügel, die Wüste und weiter in der Ferne sämtliche Berge Judäas und ihre zerklüfteten grauen Hänge. Engaddi, in ihrer Mitte, bildete eine schwarze Schranke; Hebron, im Hintergrund, rundete sich zu einer Kuppel; Escol zeigte seine Granatbäume, Sorek seine Weinberge, Karmel seine Sesamfelder; und der Antoninische Turm überragte mit seinem ungeheuren Würfel Jerusalem. Der Tetrarch wandte seine Blicke nach rechts, um die Palmen von Jericho zu betrachten; und er dachte an die anderen Städte seines Galiläa: Kapernaum, Endor, Nazareth, Tiberias, wo er vielleicht nie wieder hinkommen würde. Indessen floß der Jordan durch die vertrocknete weiße Ebene, die blendete wie eine Schneedecke. Der See schien jetzt aus Lapislazuli zu sein; und an seiner südlichen Spitze, in Richtung Jemen, gewahrte Antipas, was er zu erblicken fürchtete: verstreut daliegende Zelte; Männer mit Lanzen bewegten sich zwischen den Pferden, und verlöschende Feuer blinkten wie Funken dicht am Boden.

Es waren die Truppen des Königs der Araber, dessen Tochter er verschmäht hatte, um Herodias zu nehmen, welche mit einem seiner Brüder verheiratet gewesen war, der ohne Anspruch auf die Herrschaft in Italien lebte. Antipas wartete auf die Hilfe der Römer; und da Vitellius, der Statthalter von Syrien, zu erscheinen säumte, verging er fast vor Sorge.

Ohne Zweifel hatte Agrippa ihn aus der Gunst des Kaisers gedrängt. Sein dritter Bruder, Philippus, Gebieter von Basan, rüstete insgeheim. Die Juden waren seiner götzendienerischen Sitten, alle anderen seiner Herrschaft überdrüssig; so schwankte er zwischen zwei Plänen: die Araber zu besänftigen oder ein Bündnis mit den Parthern zu schließen; und unter dem Vorwand, seinen Geburtstag zu feiern, hatte er für eben diesen Tag die Führer seiner Truppen, die Verwalter seiner Güter und die Ersten Galiläas zu einem großen Fest geladen. Mit scharfem Blick durchspähte er alle Wege. Sie waren leer. Adler schwebten über seinem Kopf; dem Wall entlang,gegen die Mauer gelehnt, schliefen die Soldaten; nichts regte sich im Schloß.

Plötzlich ließ eine ferne Stimme, die sich gleichsam den Tiefen der Erde entrang, den Tetrarchen erbleichen. Er beugte sich vor, um zu horchen; sie war verstummt. Sie setzte von neuem ein; und in seine Hände schlagend, rief er: "Mannäi! Mannäi!"

Ein Mann erschien, nackt bis zum Gürtel wie ein Bademeister. Er war sehr groß, alt, hager und trug am Schenkel ein Messer in einer Scheide aus Bronze. Sein Haar, von einem Kamm zurückgehalten, ließ seine hohe Stirn noch höher erscheinen. Schläfrigkeit machte seine Augen farblos, doch seine Zähne glänzten, und seine Zehen berührten nur leicht den Boden; sein ganzer Körper hatte die Geschmeidigkeit eines Affen und sein Gesicht die Empfindungslosigkeit einer Mumie.

"Wo ist er?" fragte der Tetrarch.

Mannäi antwortete, während er mit seinem Daumen auf einen Gegenstand hinter ihnen zeigte:

"Dort! immer noch!"

"Ich glaubte, ihn zu hören!"

Und Antipas erkundigte sich, nachdem er tief Atem geschöpft, nach Jochanaan, demselben, den die Lateiner Johannes den Täufer nennen. Hatte man die beiden Männer wiedergesehen, die man im vorigen Monat aus Nachsicht in seinen Kerker gelassen hatte, und hatte man seither in Erfahrung gebracht, warum sie gekommen waren?

Mannäi erwiderte:

"Sie haben geheimnisvolle Worte mit ihm ausgetauscht, wie Diebe es am Abend an den Straßenecken tun. Dann sind sie nach Ober-Galiläa davongezogen; sie sagten, sie würden eine große Botschaft bringen."

Antipas senkte den Kopf, dann sagte er mit einem Ausdruck des Schreckens:

"Bewache ihn! bewache ihn! Und laß niemanden hinein! Schließ das Tor gut. Deck die Grube! Man darf nicht einmal ahnen, daß er lebt!"

Auch ohne diese Befehle zu empfangen, vollzog Mannäi sie, denn Jochanaan war Jude, und wie alle Samariter verabscheute er die Juden.

Ihr Tempel zu Garizim, von Moses zum Mittelpunkt Israels bestimmt, bestand seit König Hyrkan nicht mehr; der von Jerusalem aber versetzte sie in Wut, denn er galt als Beleidigung und fortwährende Ungerechtigkeit. Mannäi hatte sich hineingeschlichen, um den Altar mit Totenknochen zu verunreinigen. Seine weniger hurtigen Gefährten waren enthauptet worden.

Er erblickte ihn zwischen zwei Hügeln. Die Sonne ließ seine Mauern aus weißem Marmor und die goldenen Ziegel des Daches erglänzen. Er war wie ein leuchtender Berg, etwas Überirdisches, alles andere mit seiner Pracht und seinem Stolz vernichtend.

Da reckte er seine Arme gen Zion; und hochaufgerichtet, mit zurückgeworfenem Kopf und geballten Fäusten, schleuderte er ihm einen Fluch zu, glaubend, daß Worte eine tatsächliche Macht besitzen.

Antipas hörte zu; er schien keinen Anstoß daran zu nehmen.

Der Samariter sagte noch:

"Zuzeiten regt er sich, möchte fliehen, hofft auf Befreiung. Dann wieder trägt er die ruhige Miene eines kranken Tiers; oder ich sehe ihn auch in der Dunkelheit auf und ab gehen, während er wiederholt: ›Was tut's! Damit er wachse, muß ich vergehen!‹"

Antipas und Mannäi blickten sich an. Doch der Tetrarch war es müde, nachzusinnen.

Alle diese Berge um ihn herum, die wie mächtige, übereinandergetürmte und zu Stein erstarrte Wogen waren, die schwarzen Spalten an den Felshängen, die Unermeßlichkeit des blauen Himmels, der heftige Glanz des Tageslichts, die Tiefe der Abgründe beängstigten ihn; und eine Trostlosigkeit überkam ihn beim Anblick der Wüste, deren zerklüftetes Gelände Amphitheater und zerstörte Paläste vortäuscht. Der heiße Wind brachte mit dem Geruch des Schwefels etwas wie die Ausdünstung verfluchter Städte, die, tiefer noch als das Gestade, unter lastenden Wassern begraben waren. Diese Zeichen eines unvergänglichen Zornes erschreckten seinen Sinn; und er blieb, die Ellenbogen auf das Geländer gestützt, mit starren Augen und die Schläfen in den Händen. Jemand hatte ihn berührt. Er wandte sich um. Herodias stand vor ihm.

Ein langes Gewand von leichtem Purpur umhüllte sie bis zu den Sandalen. Da sie eilig ihr Zimmer verlassen, trug sie weder Halsgeschmeide noch Ohrgehänge; eine Strähne ihres schwarzen Haares fiel auf ihren Arm herab und senkte sich mit den Enden zwischen ihre beiden Brüste. Ihre zu stark aufgeworfenen Nasenflügel bebten; die Freude eines Triumphs erleuchtete ihr Gesicht; und mit lauter Stimme sprach sie, den Tetrarchen schüttelnd:

"Cäsar liebt uns! Agrippa ist im Gefängnis!"

"Wer hat dir das gesagt?"

"Ich weiß es!"

Sie fügte hinzu:

"Weil er dem Cajus die Kaiserherrschaft gewünscht hat!"

Obwohl er von ihren Almosen lebte, hatte er sich um den Königstitel beworben, nach dem auch ihr Ehrgeiz dürstete. Doch für die Zukunft gab es nichts mehr zu fürchten! "Die Kerker des Tiberius öffnen sich schwer, und zuweilen ist man darin seines Daseins nicht sicher!"

Antipas verstand sie; und obwohl sie Agrippas Schwester war, schien ihm ihr scheußliches Vorhaben gerechtfertigt. Diese Morde waren eine notwendige Folge der Dinge, ein verhängnisvolles Geschick der königlichen Häuser. In dem des Herodes konnte man sie nicht mehr zählen.

Dann setzte sie ihren Anschlag auseinander: Bestechung der Schützlinge, Entdeckung der Briefe, Spione an allen Türen, und wie es ihr geglückt war, Eutyches, den Denunzianten, zu verführen. "Nichts war mir zu teuer! Habe ich für dich nicht noch mehr getan? ... Ich habe meine Tochter verlassen!"

Sie hatte dieses Kind, nach ihrer Trennung, in Rom gelassen in der Hoffnung, vom Tetrarchen andere zu bekommen. Niemals sprach sie davon. Er fragte sich, was ihr Anfall von Zärtlichkeit zu bedeuten habe. Man hatte das Stoffdach ausgebreitet und eilig große Kissen herbeigeschafft. Herodias ließ sich darauf nieder und weinte, während sie ihm den Rücken zukehrte. Dann strich sie mit der Hand über die Lider, sagte, daß sie nicht mehr daran denken wolle, daß sie glücklich sei; und sie erinnerte ihn an ihre Plaudereien unten im Atrium, an die Begegnungen in den Bädern, an ihre Spaziergänge auf der Via Sacra und an die Abende, die sie in den großen Villen, beim Murmeln der Springbrunnen, unter Blumenbögen, im Anblick der römischen Campagna verbracht hatten. Sie schaute ihn an wie einst, sich mit schmeichlerischen Gebärden an seine Brust drängend – Er wies sie zurück. Die Liebe, die sie aufs neue zu entfachen versuchte, war jetzt so fern! Und all sein Mißgeschick kam von ihr; denn seit fast zwölf Jahren hörte der Krieg nicht auf. Er hatte den Tetrarchen alt gemacht. Seine Schultern krümmten sich in einer dunklen Toga mit violettem Saum; seine weißen Haare vermengten sich mit seinem Bart, und die Sonne, die das Tuch durchdrang, badete seine kummervolle Stirn in Licht. Auch die der Herodias hatte Falten; und Auge in Auge betrachteten sie sich grimmig.

Die Wege im Gebirge begannen sich zu beleben. Hirten trieben ihre Rinder an, Kinder zogen Esel hinter sich her, Stallknechte führten Pferde am Zaum. Diejenigen, welche die jenseits von Machärus liegenden Höhen herabschritten, verschwanden hinter dem Palast; andere stiegen den vor ihnen liegenden Hohlweg hinauf und luden, in der Stadt angekommen, ihr Gepäck in den Höfen ab. Es waren die Lieferanten des Tetrarchen und Diener, die seinen Gästen vorangingen.

Doch im Hintergrund der Terrasse, auf der linken Seite, erschien ein Essäer im weißen Gewande, mit bloßen Füßenund stoischer Miene. Mannäi stürzte von rechts herbei, seinen Dolch erhebend.

Herodias rief ihm zu: "Töte ihn!"

"Halt!" sagte der Tetrarch.

Er stand regungslos da; der andere ebenfalls.

Dann zogen sie sich zurück, jeder auf einer andern Treppe, rückwärts gehend und sich immer im Auge behaltend.

"Ich kenne ihn!" sagte Herodias, "er heißt Phanuel, er versucht Jochanaan zu besuchen, den du in deiner Verblendung am Leben läßt."

Antipas wandte ein, daß er eines Tages von Nutzen sein könne. Seine Angriffe auf Jerusalem gewännen den Rest der Juden für sie.

"Nein!" versetzte sie, "sie finden sich mit jedem Herrn ab und sind unfähig, ein Vaterland zu bilden. Was den anging, der das Volk mit Hoffnungen, die sich seit Nehemia erhalten hatten, aufrührte, so war die beste Politik, ihn zu beseitigen."

Nichts drängte zur Eile nach der Ansicht des Tetrarchen. Jochanaan gefährlich! Ich bitte dich! Er tat, als müßte er lachen.

"Schweig!" Und sie erzählte von der Demütigung, die sie erfahren mußte, als sie eines Tages zur Balsamernte nach Gilead ging. "Am Ufer eines Flusses legten Leute gerade ihre Kleider wieder an. In der Nähe, auf einem kleinen Hügel, redete ein Mensch. Er trug eine Kamelshaut um die Lenden, und sein Kopf glich dem eines Löwen. Sobald er meiner ansichtig wurde, spie er alle Verfluchungen der Propheten über mich. Seine Augen flammten, seine Stimme brüllte; er erhob den Arm, als wolle er den Donner herunterreißen. Unmöglich zu fliehen! die Räder meines Wagens versanken bis zu den Achsen im Sand; und ich entfernte mich langsam, unter meinem Mantel Schutz suchend und erstarrt von den Beleidigungen, die wie ein Gewitterregen niederprasselten."

Jochanaan verleidete ihr das Leben. Als man ihn ergriffen und mit Stricken gefesselt hatte, sollten die Soldaten ihn erdolchen, falls er Widerstand leistete; er hatte sich fügsam gezeigt. Man hatte Schlangen in sein Gefängnis gesetzt; sie waren gestorben.

Die Erfolglosigkeit dieser Nachstellungen erbitterte Herodias. Warum übrigens sein Kampf gegen sie? Welche Absicht trieb ihn? Seine in die Menge geschrienen Reden hatten sich verbreitet, gingen von Mund zu Mund; sie vernahm sie überall, sie erfüllten die Luft. Gegen Legionen wäre sie mit Tapferkeit angetreten. Doch diese Macht, die verderblicher war als

Schwerter und die man nicht fassen konnte, war betäubend; und sie durcheilte die Terrasse, bleich vor Zorn, nach Worten ringend, um auszudrücken, was sie erstickte.

Sie dachte auch, daß der Tetrarch der öffentlichen Meinung nachgeben und vielleicht auf den Gedanken kommen könnte, sie zu verstoßen. Dann wäre alles verloren! Seit ihrer Kindheit nährte sie den Traum eines großen Reiches. Um es zu erlangen, hatte sie ihren ersten Gemahl verlassen und sich diesem verbunden, welcher sie zum Narren gehabt, wie sie dachte.

"Eine schöne Stütze habe ich da, mit meinem Eintritt in deine Familie!"

"Sie ist der deinigen würdig!" sagte der Tetrarch nur.

Herodias fühlte in ihren Adern das Blut der Priester und Könige, ihrer Ahnen, kochen.

"Dein Großvater fegte den Tempel von Ascalon. Die anderen waren Hirten, Räuber, Kameltreiber, eine Horde, die seit dem König David Juda tributpflichtig war! Alle meine Vorfahren haben die deinen geschlagen! Der erste der Makkabäer hat euch aus Hebron verjagt, Hyrkan hat euch gezwungen, euch zu beschneiden!" Und die Verachtung der Patrizierin für den Plebejer zu erkennen gebend, den Haß Jakobs gegen Esau, warf sie ihm seine Gleichgültigkeit gegen Beleidigungen vor, seine Nachgiebigkeit gegen die Pharisäer, die ihn verrieten, seine Feigheit gegen das Volk, das ihn verabscheute. "Du bist wie es, gestehe es! und du sehnst dich zurück nach dem arabischen Mädchen, das um Steine tanzt. Hol sie dir! Zieh mit ihr zusammen, in ihr Zelt! verzehre ihr in der Asche gebackenes Brot! sauf die geronnene Milch ihrer Schafe! küß ihre blauen Wangen! und vergiß mich!"

Der Tetrarch hörte nicht mehr hin. Er schaute auf das flache Dach eines Hauses, da sah er ein junges Mädchen und eine alte Frau, die hielt einen Sonnenschirm, dessen Rohrgriff so lang war wie eine Angelrute. Mitten auf dem Teppich stand ein offener Reisekorb. Gürtel, Schleier, goldenes Ohrgehänge quollen unordentlich daraus hervor. Das junge Mädchen beugte sich von Zeit zu Zeit über diese Dinge und schüttelte sie in der Luft. Sie war wie die Römerinnen in eine gefältelte Tunika und ein Peplum mit

Smaragdtroddeln gekleidet; und blaue Bänder wanden sich um ihr Haar, das ohne Zweifel zu schwer war, denn von Zeit zu Zeit faßte sie mit der Hand danach. Der Schatten des Sonnenschirms fiel über sie, sie zur Hälfte verbergend. Zwei- oder dreimal bemerkte Antipas ihren zarten Hals, den Winkel eines Auges, ein Stückchen des kleinen Mundes. Doch von den Hüften bis zum Nacken sah er ihre ganze Gestalt, die sich neigte und sich gelenk wieder aufrichtete. Er lauerte auf die Wiederholung dieser Bewegung, und sein Atem ging schneller; in seinen Augen entzündeten sich Flammen. Herodias beobachtete ihn.

Er fragte: "Wer ist das?"

Sie erwiderte, sie wisse es nicht, und ging, plötzlich beschwichtigt, davon.

Der Tetrarch wurde unter den Säulengängen von Galiläern, dem Schreibmeister, dem Aufseher über die Weiden, dem Verwalter der Salinen und einem Juden aus Babylon, der seine Reiter befehligte, erwartet. Alle grüßten ihn durch Zurufe. Dann verschwand er in die inneren Gemächer.

An der Ecke eines Ganges tauchte Phanuel auf.

"Ach, schon wieder? Du kommst gewiß wegen Jochanaan?"

"Und deinetwegen! ich habe dir etwas Wichtiges mitzuteilen."

Und ohne Antipas zu weichen, drang er, hinter ihm, in ein dunkles Gemach.

Durch ein Gitter fiel Tageslicht herein und zog sich längs dem Gesims entlang. Die Wände waren in einem fast schwarzen Granatrot gestrichen. Im Hintergrund dehnte sich ein Bett aus Ebenholz, mit Riemen aus Rinderhaut. Darüber leuchtete, wie eine Sonne, ein goldener Schild.

Antipas durchschritt das ganze Gemach und legte sich auf das Bett.

Phanuel blieb stehen. Er hob seinen Arm und sprach, wie einer Eingebung folgend:

"Der Allerhöchste sendet manchmal einen seiner Söhne. Ein solcher ist Jochanaan. Wenn du ihm etwas antust, wirst du bestraft werden."

"Er ist es, der mich verfolgt!" rief Antipas. "Er hat von mir Unmögliches verlangt. Seit jener Zeit schmäht er mich. Und ich war, anfangs, nicht streng mit ihm! Er hat sogar von Machärus aus Männer entsandt, die meine Provinzen aufwiegeln. Verflucht sei sein Leben! Da er mich angreift, verteidige ich mich!"

"Seine Wutausbrüche sind zu heftig", gab Phanuel zurück. "Das tut nichts! Man muß ihn freilassen."

"Wütende Tiere läßt man nicht frei!" sagte der Tetrarch.

Der Essäer antwortete:

"Mach dir keine Sorgen! Er wird zu den Arabern, den Galliern, den Skythen gehen. Sein Werk muß sich ausbreiten, bis ans Ende der Welt!"

Antipas schien in einer Vision verloren.

"Seine Macht ist groß! ... ich liebe ihn, gegen meinen Willen!"

"So soll er frei sein?"

Der Tetrarch schüttelte den Kopf. Er fürchtete Herodias, Mannäi und den Unbekannten.

Phanuel suchte ihn zu überreden, indem er, als Sicherheit für seine Pläne, die Unterwerfung der Essäer unter die Herrschaft der Könige anführte. Man achtete diese armen, durch Strafen nicht zu bändigenden Menschen, die, in Linnen gekleidet, die Zukunft in den Sternen lasen.

Antipas erinnerte sich der Worte, die er vorhin ausgesprochen hatte.

"Was war das für eine Sache, die du mir als wichtig ankündigtest?"

Ein Neger stürzte herein. Sein Leib war weiß von Staub. Er keuchte und konnte nichts hervorbringen als:

"Vitellius!"

"Wie? er kommt?"

"Ich habe ihn gesehen. In weniger als drei Stunden ist er hier!"

Als hätte ein Windstoß hindurchgefegt, wurden die Vorhänge in den Gängen auf- und zugeschlagen. Lärm erfüllte den Palast, ein Tumult von Leuten, die liefen, von Möbeln, die man wegschleppte, von Silbersachen, die zu Boden krachten; und von den Türmen ertönten Hörner, um die verstreuten Sklaven zusammenzurufen.

II

Die Wälle waren mit Menschen bedeckt, als Vitellius den Hof betrat. Er stützte sich auf den Arm seines Dolmetschers. Es folgte eine große rote Sänfte, die mit Federbüschen und Spiegeln geschmückt war; denn er führte die Toga, die Purpurtunika, die Stiefel eines Konsuls sowie Liktoren, die seine Person umgaben, mit sich.

Vor das Tor pflanzten sie ihre zwölf Bündel, von einem Riemen zusammengehaltene Ruten mit einem Beil in der Mitte. Da erschauerten alle vor der Majestät des römischen Volkes.

Die Sänfte, die von acht Männern getragen wurde, hielt an. Ein Jüngling, mit dickem Leib, Pickeln im Gesicht und Perlen an den Fingern, stieg heraus. Man reichte ihm einen mit Wein und Gewürzen gefüllten Becher. Er trank ihn aus und verlangte einen zweiten.

Der Tetrarch war dem Prokonsul zu Füßen gefallen, untröstlich, wie er sagte, nicht eher von der Gunst seiner Anwesenheit erfahren zu haben. Sonst hätte er schon auf den Straßen alles so angeordnet, wie es sich für die Vitellier gezieme. Sie stammten von der Göttin Vitellia ab. Eine Straße, die vom Janiculus zum Meer führte, trage noch ihren Namen. Die Quästoren, die Konsuln in ihrer Familie seien nicht zu zählen; und was Lucius, der jetzt sein Gast war, anlange, so habe man ihm als dem Sieger über die Kliten und Vater dieses jungen Aulus zu danken, der in sein Gebiet zurückzukommen scheine, sei doch der Orient die Heimat der Götter. Diese Übertreibungen wurden auf Lateinisch vorgebracht. Vitellius nahm sie unbewegt entgegen.

Er erwiderte, daß der große Herodes für den Ruhm einer Nation genüge. Die Athener hätten ihm die Oberaufsicht über die Olympischen Spiele anvertraut. Er habe zu Ehren des Augustus Tempel gebaut, sei geduldig, erfinderisch, furchtbar und stets den Cäsaren treu gewesen.

Zwischen den Säulen mit den Bronze-Kapitellen bemerkte man Herodias, die in der Haltung einer Kaiserin näher trat, von Frauen und Eunuchen umringt, die auf vergoldeten Schalen brennende Essenzen trugen.

Der Prokonsul ging ihr drei Schritte entgegen; und nachdem er sie durch eine Neigung des Kopfes gegrüßt, rief sie:

"Welch ein Glück! daß nun Agrippa, der Feind des Tiberius, keine Möglichkeit mehr hat, zu schaden!"

Er wußte nichts von dem Ereignis; sie erschien ihm gefährlich; und da Antipas schwor, daß er für den Kaiser alles tun würde, fügte Vitellius hinzu: "Auch zum Schaden anderer?"

Er hatte von dem Partherkönig Geiseln genommen, und der Kaiser dachte nicht mehr daran; denn Antipas, der der Besprechung beigewohnt hatte, um sich beliebt zu machen, hatte die Nachricht sofort abgeschickt. Daher ein tiefer Haß und die verzögerte Hilfeleistung.

Der Tetrarch stammelte. Doch Aulus sagte lachend:

"Beruhige dich, ich beschütze dich!"

Der Prokonsul tat, als hätte er nicht gehört. Das Vermögen des Vaters gründete auf der Gemeinheit des Sohnes; und diese Blüte aus den Sümpfen Kapreäs verschaffte ihm so beträchtliche Einkünfte, daß er sie mit Rücksichten umgab, obwohl er ihr mißtraute, da sie giftig war.

Ein Tumult entstand unter dem Tor. Man ließ einen Zug weißer Maultiere hinein, auf denen Gestalten in Priesterkleidung saßen. Es waren Sadduzäer und Pharisäer, die der gleiche Ehrgeiz nach Machärus führte; die ersteren wollten die Oberpriesterwürde erlangen, die letzteren sie behalten. Ihre Gesichter waren düster, besonders die der Pharisäer, die Feinde Roms und des Tetrarchen waren. Die Zipfel ihrer Tuniken behinderten sie im Gewühl; und ihre Tiaren wankten auf ihren Stirnen, über Streifen von Pergament, auf die Inschriften gezeichnet waren.

Fast zu gleicher Zeit langten die Soldaten der Vorhut an. Sie hatten ihre Schilde in Säcke gesteckt, um sie vor Staub zu bewahren; und hinter ihnen schritt Marcellus, Statthalter des Prokonsuls, mit den Zöllnern, die ihre hölzernen Täfelchen unter dem Arm trugen.

Antipas nannte die Vornehmsten seiner Umgebung: Tolmaï, Kanthera, Sehon, Ammonius von Alexandria, der für ihn Asphalt einkaufte, Naaman, den Befehlshaber seiner Fußtruppen, Jachim den Babylonier.

Vitellius hatte Mannäi bemerkt.

"Wer ist denn das da?"

Der Tetrarch gab durch eine Handbewegung zu verstehen, daß es der Henker sei.

Dann stellte er die Sadduzäer vor.

Jonathas, ein kleiner Mann, der ein freies Benehmen hatte und Griechisch sprach, beschwor den Gebieter, sie durch einen Besuch in Jerusalem zu ehren. Wahrscheinlich würde er kommen.

Eleazar, mit gebogener Nase und langem Bart, verlangte für die Pharisäer den Mantel des Hohenpriesters, der im Antoninischen Turm durch die Zivilbehörden zurückgehalten wurde.

Darauf verklagten die Galiläer Pontius Pilatus. Bei der Verfolgung eines Wahnsinnigen, der in der Nähe von Samaria in einer Höhle nach den goldenen Gefäßen Davids suchte, habe er Einwohner töten lassen; und alle sprachen gleichzeitig, Mannäi mit größerer Heftigkeit als die anderen. Vitellius versicherte, die Schuldigen würden bestraft werden.

Lautes Geschrei erhob sich gegenüber der Säulenhalle, wo die Soldaten ihre Schilde aufgehängt hatten. Nachdem die Überzüge entfernt waren, sah man auf den Umbonen das Bild Cäsars. Für die Juden war das Götzendienerei. Antipas sprach zu ihnen, während Vitellius, in der Säulenhalle auf einem erhöhten Sessel sitzend, sich über ihre Wut wunderte. Tiberius hatte gut getan, ihrer vierhundert nach Sardinien in die Verbannung zu schicken. Aber zu Hause waren sie stark; und er befahl, die Schilde zu entfernen.

Da umringten sie den Prokonsul, ihn um Genugtuung für Unrecht, um Vorrechte und um Almosen anflehend. Gewänder wurden zerrissen, man erdrückte sich; und um Platz zu schaffen, schlugen Sklaven mit Stöcken nach rechts und nach links. Die, welche der Tür am nächsten waren, liefen den Pfad hinunter, andere kamen herauf; sie wichen zurück; zwei Ströme kreuzten sich in dieser wogenden, von der Einfriedung der Mauer zusammengedrängten Menschenmasse.

Vitellius fragte, woher die vielen Menschen kämen. Antipas nannte den Grund: das Fest seines Geburtstags; und er zeigte auf mehrere seiner Leute, die, über die Zinnen gebeugt, ungeheure Körbe mit Fleisch, mit Früchten und Gemüsen, Antilopen und Störchen, mächtigen azurfarbenen Fischen, Trauben, Wassermelonen und zu Pyramiden aufgetürmten Granatäpfeln hinaufzogen. Aulus hielt es nicht länger. Er eilte in die Küchen, fortgerissen von dieser Schlemmerei, die die ganze Welt in Erstaunen versetzen sollte.

Als er an einem Keller vorbeikam, bemerkte er Kochtöpfe, die Panzern glichen. Vitellius trat näher, um sie anzusehen; und er verlangte, daß man ihm die unterirdischen Räume der Festung öffne.

Sie waren in hohen, in gewissen Abständen von Pfeilern getragenen Wölbungen in den Felsen gehauen. Der erste enthielt alte Rüstungen; doch der zweite strotzte von Spießen, die ihre aus Federbüscheln auftauchenden Spitzen ausstreckten. Der dritte schien mit Schilfmatten ausgehangen, so dicht reihten sich die vielen dünnen Pfeile senkrecht Seite an Seite. Säbelklingen bedeckten die Wände des vierten. In dem fünften bildeten Reihen von Helmen mit ihren Kämmen gleichsam ein Bataillon roter Schlangen. In dem sechsten sah man nur Köcher; in dem siebenten nur Beinharnische; in dem achten nur Armharnische; in den folgenden Gabeln, Hacken, Leitern, Stricke, bis zu den Stangen der Wurfmaschinen, bis zu den Schellen für die Brustriemen der Dromedare! Und da der Berg sich nach seinem Fuß zu verbreiterte und im Innern gleich einem Bienenstock ausgehöhlt war, befanden sich unter diesen Räumen noch andere in größerer Anzahl und von größerem Umfang.

Vitellius, Phineas, sein Dolmetscher, und Sisenna, der Oberste der Zöllner, durcheilten sie im Schein der Fackeln, welche drei Eunuchen trugen.

Man unterschied im Dunkeln scheußliche Dinge, die die Barbaren erfunden hatten: mit Nägeln besetzte Keulen, Wurfspeere, welche die Wunden vergifteten, Zangen, welche den Kinnladen von Krokodilen glichen; schließlich besaß der Tetrarch in Machärus die Kriegsausrüstung für vierzigtausend Mann.

Er hatte sie im Hinblick auf ein Bündnis seiner Feinde zusammengetragen. Doch der Prokonsul konnte glauben oder sagen, daß es zu dem Zweck, die Römer zu bekämpfen, geschehen sei, und er suchte Erklärungen zu geben.

Sie gehöre nicht ihm; viel davon diene dazu, sich gegen Räuber zu verteidigen; außerdem bedurfte man ihrer gegen die Araber; oder er sagte auch, daß alles das seinem Vater gehört habe. Und statt hinter dem Prokonsul zu gehen, ging er vor ihm, eiligen Schritts. Dann drängte er sich der Mauer entlang, die er mit seiner Toga verdeckte, indem er seine Ellenbogen vom Körper abspreizte; doch der obere Teil einer Tür überragte sein Haupt. Vitellius bemerkte sie und wollte wissen, was sie verschloß.

Nur der Babylonier könne sie öffnen.

"Ruf den Babylonier!"

Man wartete auf ihn.

Sein Vater war von den Ufern des Euphrat gekommen, um dem großen Herodes seine Dienste anzubieten. Er führte fünfhundert Reiter mit sich, um die östlichen Grenzen zu verteidigen. Nach der Teilung des Reiches war Jachim bei Philippus geblieben und diente jetzt Antipas.

Er kam, mit einem Bogen über der Schulter, einer Peitsche in der Hand. Bunte Bänder wanden sich eng um seine krummen Beine. Seine dicken Arme kamen aus einer Tunika ohne Ärmel, und eine Pelzmütze beschattete sein Gesicht, dessen Bart in Ringeln frisiert war.

Zuerst schien er den Dolmetscher nicht zu verstehen. Doch Vitellius sandte Antipas einen Blick zu, der sogleich seinen Befehl wiederholte. Da stemmte Jachim seine beiden Hände gegen die Tür. Sie glitt in die Mauer.

Ein warmer Lufthauch entströmte der Finsternis. Ein Gang lief in Windungen hinab. Sie beschritten ihn und gelangten an die Schwelle einer Grotte, die geräumiger war als die übrigen Gewölbe.

Im Hintergrund öffnete sich eine Bogenwölbung über dem Abgrund, der auf dieser Seite die Feste schützte. Ein Geißblatt klammerte sich an die Wölbung und ließ seine Blüten ins volle Licht herabhängen. Am Boden murmelte ein schmaler Wasserlauf.

Weiße Pferde waren da, an die hundert etwa, die von einem Brett in der Höhe ihres Mauls Gerste fraßen. Sie hatten alle eine blaugefärbte Mähne, ihre Hufe steckten in geflochtenen Überzügen, und die Haare zwischen den Ohren wellten sich auf der Stirn wie eine Perücke. Mit ihrem sehr langen Schweif schlugen sie sich lässig die Flanken. Der Prokonsul blieb stumm vor Bewunderung.

Es waren wunderbare Tiere, geschmeidig wie Schlangen, leicht wie Vögel. Sie schossen mit dem Pfeil des Reiters dahin, warfen die Männer zu Boden, indem sie sie in den Leib bissen, überwanden die Hindernisse der Felsen, sprangen über Abgründe und setzten, einen ganzen Tag lang, ihren rasenden Galopp durch die Ebenen fort; ein Wort brachte sie zum Stehen. Sobald Jachim eintrat, kamen sie auf ihn zu wie Schafe, wenn der Hirt erscheint; und ihren Hals vorstreckend, blickten sie ihn mit ihren kindlichen Augen unruhig an. Wie gewöhnlich, ließ er aus der Tiefe seiner Kehle einen heiseren Schrei ertönen, der sie in Freude versetzte; und sie bäumten sich, nach den Weiten dürstend, vor Verlangen zu galoppieren.

Antipas hatte sie, aus Angst, Vitellius möge sie ihm nehmen, an diesem, im Falle einer Belagerung, eigens für die Tiere angelegten Ort eingeschlossen.

"Der Stall ist schlecht", sagte der Prokonsul, "und du läufst Gefahr, sie zu verlieren! Nimm den Bestand auf, Sisenna!"

Der Zöllner zog ein Täfelchen aus seinem Gürtel, zählte die Pferde und schrieb sie auf.

Die Angestellten der Steuerämter bestachen die Statthalter, um die Provinzen ausplündern zu können. Dieser da beschnüffelte alles mit seiner Marderschnauze und seinen blinzelnden Augen.

Endlich stieg man in den Hof zurück.

Hier und da bedeckten, inmitten des Pflasters, Scheiben aus Erz die Zisternen. Er musterte ihrer eine, die größer war als die anderen und unter den Tritten nicht dröhnte. Er klopfte abwechselnd auf allen herum, brüllte und stampfte:

"Ich habe ihn! ich habe ihn! Hier ist der Schatz des Herodes!"

Die Suche nach seinen Schätzen war eine Marotte der Römer.

Es gäbe keine, schwor der Tetrarch.

Was denn hier unten sei?

"Nichts! ein Mann, ein Gefangener."

"Zeig ihn!" sagte Vitellius.

Der Tetrarch gehorchte nicht; die Juden würden sonst sein Geheimnis erfahren. Sein Widerstand, die Platte aufzuheben, machte Vitellius ungeduldig.

"Stoßt sie ein!" schrie er den Liktoren zu.

Mannäi hatte geahnt, was sie beschäftigte. Er glaubte, als er eine Axt sah, man wolle Jochanaan enthaupten; und beim ersten Schlag auf die Platte hielt er den Liktor an, schob eine Art Haken zwischen sie und das Pflaster, dann hob er sie behutsam auf, während er seine langen mageren Arme spannte; sie ging auf. Alle bewunderten die Kraft dieses Greises. Unter dem mit Holz unterlegten Deckel war eine Falltür von gleicher Ausdehnung. Ein Faustschlag trennte sie in zwei Klappen; nun sah man ein Loch, eine ungeheure Grube, umwunden von einer Treppe ohne Geländer; und die, welche sich über den Rand beugten, bemerkten in der Tiefe etwas Unbestimmtes, Grauenhaftes.

Ein menschliches Wesen lag auf der Erde, unter langem Haar, das sich mit den Haaren des Tierfells vermischte, das seinen Rücken bedeckte. Es erhob sich. Seine Stirn stieß an ein Gitter, das waagrecht über ihm angebracht war; und von Zeit zu Zeit verschwand es in den Tiefen seiner Höhle.

In der Sonne glänzten die Spitzen der Tiaren, die Griffe der Schwerter; die Fliesen glühten; und Tauben, die den Gesimsen entflogen, flatterten über dem Hof. Es war die Stunde, wo Mannäi ihnen gewöhnlich Körner streute. Er kauerte vor dem Tetrarchen, der neben Vitellius stand. Hinter ihnen bildeten die Galiläer, die Priester, die Soldaten einen Kreis; alle schwiegen, in Angst vor dem, was nun geschehen würde.

Zuerst war es ein tiefer Seufzer, ausgestoßen von einer hohlen Stimme.

Herodias vernahm ihn am andern Ende des Palastes. Von einem unwiderstehlichen Reiz gezwungen, schritt sie durch die Menge; und sie horchte, sich mit einer Hand auf Mannäis Schulter stützend, mit vorgebeugtem Körper.

Die Stimme erhob sich:

"Wehe euch, Pharisäer und Sadduzäer, Otterngezücht, geblähte Schläuche, klingende Schellen!"

Man hatte Jochanaan erkannt. Sein Name ging von Mund zu Mund. Neue strömten herzu.

"Wehe dir, o Volk! wehe den Verrätern Judas, den Völkern Ephraims, wehe allen, die das fette Tal bewohnen, und in den Dünsten des Weines taumeln!

Daß sie vergehen wie das Wasser, das versiegt, wie die Schnecke, die dahinkriechend sich auflöst, wie eines Weibes Frucht, die niemals die Sonne erblickt.

Moab, du wirst in die Zypressen flüchten müssen wie die Sperlinge, in die Höhlen wie die Springhasen. Die Tore der Festungen sind schneller zerbrochen denn die Schalen der Nüsse, die Mauern werden einstürzen, die Städte werden brennen, und die Geißel des Ewigen wird nicht einhalten. Er wird eure Glieder in eurem Blut umwenden, wie Wolle im Bottich des

Färbers. Wie eine neue Egge wird er euch zerreißen; und auf den Bergen wird er alle Stücke eures Fleisches verstreuen!"

Von welchem Eroberer sprach er? War es Vitellius? Nur die Römer waren zu solcher Vernichtung fähig. Klagen erhoben sich: "Genug! Genug! er höre auf!"

Er fuhr noch lauter fort:

"Neben dem Leichnam ihrer Mütter werden die kleinen Kinder sich in der Asche wälzen. Des Nachts wird man sein Brot suchen gehen, über die Trümmer, ausgesetzt den Schlägen der Schwerter. Die Schakale werden sich die Gebeine entreißen, auf den öffentlichen Plätzen, wo des Abends die Greise plauderten. Deine Töchter werden, ihre Tränen hinabwürgend, die Harfe spielen auf den Festen der Fremden, und deine tapfersten Söhne werden ihren Rücken krümmen, zerschunden von zu schweren Lasten!"

Das Volk sah die Tage seiner Verbannung wieder vor sich, alles Unglück seiner Geschichte. Es waren die Worte der alten Propheten. Jochanaan gab sie wie heftige Schläge, eins nach dem andern.

Aber die Stimme wurde sanft, wohlklingend, singend. Er verkündigte Erlösung und Himmelsglanz, den Neugeborenen – einen Arm in der Höhle des Drachens, Gold an Stelle des Tons, die Wüste sich entfaltend wie eine Rose: "Was jetzt sechzig Kikkaren wert ist, wird nicht eine Obole kosten. Milch wird aus den Felsen quellen; und mit vollem Bauch wird man unter den Keltern einschlafen! Wann wirst Du kommen, Du, den ich erhoffe? Zuvor knien alle Völker nieder, und Deine Herrschaft wird ewig sein. Sohn Davids!"

Der Tetrarch fuhr zurück, denn das Dasein eines Sohnes Davids traf ihn wie eine Drohung.

Jochanaan warf ihm seine Königswürde vor: "Es gibt keinen König außer dem Ewigen!" und wegen seiner Gärten, wegen seiner Bildsäulen, wegen seiner Möbel aus Elfenbein, wie sie auch der gottlose Ahab besessen hatte.

Antipas zerriß die Schnur des Siegels, das an seiner Brust hing, warf es in die Grube und befahl ihm zu schweigen.

Die Stimme antwortete:

"Ich werde schreien wie ein Bär, wie ein wilder Esel, wie ein Weib, das gebiert!

Die Strafe ist schon in deiner Blutschande. Gott schlägt dich mit der Unfruchtbarkeit des Maulesels!"

Und Gelächter erhob sich, gleich dem Branden der Wogen.

Vitellius bestand darauf, zu bleiben. Der Dolmetscher wiederholte gleichgültigen Tones in der Sprache der Römer alle Beleidigungen, die Jochanaan in der seinigen kreischte. Der Tetrarch und Herodias mußten sie zweimal über sich ergehen lassen. Er keuchte, während sie gebannt auf den Grund des Schachtes starrte.

Der furchtbare Mann warf den Kopf zurück; und sich an das Gitter klammernd, preßte er sein Gesicht dagegen, das einem Gestrüpp glich, in dem zwei Kohlen glühten:

"Oh! Du bist es, Jesabel!

Du hast sein Herz mit dem Knirschen deiner Schuhe erobert. Du wiehertest wie eine Stute. Du hast dein Lager auf den Bergen aufgeschlagen, um deine Opfer zu verrichten!

Der Herr wird dir dein Ohrgehänge entreißen, deine Purpurgewänder, deine Linnenschleier, die Spangen an deinen Armen, die Ringe an deinen Füßen und die kleinen goldenen Halbmonde, die auf deiner Stirn zittern, deine silbernen Spiegel, deine Fächer aus Straußenfedern, die Stelzenschühlein aus Perlmutt, die deine Gestalt erhöhen, deine stolzen Diamanten, den Duft deiner Haare, die Schminke deiner Nägel, alle Künste deines verweichlichten Daseins; und es wird der Steine nicht genug geben, die Ehebrecherin zu steinigen!"

Ihr Blick suchte ringsum einen Schutz. Die Pharisäer schlugen heuchlerisch die Augen nieder. Die Sadduzäer wandten den Kopf, aus Furcht, den Prokonsul zu beleidigen. Antipas war wie tot.

Die Stimme schwoll an, entfaltete sich, grollte wie Donnerschläge, und da das Echo im Gebirge sie wiedergab, zerschmetterte sie Machärus durch immer neue Schläge.

"Wälze dich im Staub, Tochter Babylons! Mahle das Korn! Löse deinen Gürtel, leg deinen Schuh ab, schürze dich, überschreite die Flüsse! Deine Schande wird entdeckt werden, deine Schmach offenbar! Vor Schluchzen werden deine Zähne zerspringen. Der Ewige verabscheut den Gestank deiner Verbrechen. Sei verflucht! verflucht! Verrecke wie eine Hündin!"

Die Falltür schloß sich, die Scheibe fiel nieder. Mannäi wollte Jochanaan erwürgen.

Herodias verschwand. Die Pharisäer waren empört. Antipas, in ihrer Mitte, suchte sich zu rechtfertigen.

"Ohne Zweifel", fuhr Eleazar fort, "soll man die Frau seines Bruders ehelichen, doch Herodias war nicht Witwe, und außerdem hatte sie ein Kind, was die Schandtat vollendet."

"Irrtum! Irrtum!" wandte der Sadduzäer Jonathas ein. "Das Gesetz verurteilt diese Ehen, ohne sie vollständig zu verbieten."

"Was tut's! Man ist gegen mich sehr ungerecht!" sagte Antipas, "denn schließlich hat Absalon bei den Frauen seines Vaters gelegen, Juda bei seiner Schwiegertochter, Ammon bei seiner Schwester, Lot bei seinen Töchtern."

Aulus, der geschlafen hatte, erschien in diesem Augenblick wieder. Als man ihn von der Angelegenheit in Kenntnis gesetzt hatte, stellte er sich auf die Seite des Tetrarchen. Um solcher Dummheiten willen dürfe man sich keinen Zwang antun, und er lachte tüchtig über den Tadel der Priester und über Jochanaans Wut.

Herodias wandte sich mitten auf der Freitreppe nach ihm um.

"Du irrst, mein Gebieter! Er befiehlt dem Volk, die Steuern zu verweigern."

"Ist das wahr?" fragte sogleich der Zöllner.

Die Antworten waren allgemein bejahend. Der Tetrarch bekräftigte sie.

Vitellius dachte, daß der Gefangene entfliehen könne, und da ihm Antipas' Benehmen verdächtig schien, stellte er Wachen an die Türen, die Mauern entlang und in den Hof.

Darauf schritt er nach seinem Gemach. Die Abordnungen der Priester begleiteten ihn.

Ohne die Frage des Opferpriesteramtes anzuschneiden, brachte eine jede ihre Beschwerden vor.

Alle bedrängten ihn. Er verabschiedete sie.

Jonathas verließ ihn, als er in einer Nische Antipas mit einem langhaarigen, weißgekleideten Manne, einem Essäer, plaudern sah; und er bedauerte, ihn unterstützt zu haben.

Eine Erwägung hatte den Tetrarchen getröstet; Jochanaan hing nicht mehr von ihm ab; die Römer übernahmen ihn. Welche Erleichterung! Phanuel erging sich gerade auf dem Rundweg.

Er rief ihn an und sagte, auf die Soldaten zeigend:

"Sie sind die stärkeren! ich kann ihn nicht freilassen! es ist nicht meine Schuld!"

Der Hof war leer. Die Sklaven ruhten. Vom Abendrot, das den Horizont in Flammen setzte, hoben sich senkrecht die kleinsten Gegenstände schwarz ab. Antipas konnte die Salinen am andern Ende des Toten Meeres erkennen, aber die Zelte der Araber sah er nicht mehr. Wahrscheinlich waren sie abgezogen. Der Mond ging auf; ein Gefühl der Ruhe zog in sein Herz.

Phanuel verharrte bedrückt, das Kinn auf der Brust. Endlich offenbarte er, was er zu sagen hatte.

Seit dem Anfang des Monats hatte er, vor der Morgendämmerung, den Himmel beobachtet, denn das Gestirn des Perseus befand sich im Zenit.

Agalah zeigte sich kaum, Algol glänzte weniger, Mira-Coeti war verschwunden; daraus schloß er den Tod eines bedeutenden Mannes, noch in dieser Nacht, in Machärus.

Wer konnte es sein? Um Vitellius waren zu viele Leute. Jochanaan würde nicht hingerichtet. "Also bin ich es!" dachte der Tetrarch.

Vielleicht kehrten die Araber zurück? Der Prokonsul würde seine Beziehungen zu den Parthern aufdecken! Meuchelmörder aus Jerusalem begleiteten die Priester; sie trugen Dolche unter ihren Gewändern; und der Tetrarch zweifelte nicht an Phanuels Wissenschaft.

Der Gedanke kam ihm, bei Herodias Zuflucht zu suchen. Er haßte sie zwar. Aber sie würde ihm Mut einflößen; und noch waren nicht alle Banden des Zaubers zerrissen, dem er einst unterlegen.

Als er in ihr Gemach trat, rauchte Zimt auf einem Porphyrbecken; und Puder, Salben, Stoffe, Wolken ähnlich, Stickereien, leichter als Federn, lagen umher.

Er sagte nichts von Phanuels Voraussage, noch von seiner Furcht vor den Juden und den Arabern; sie hätte ihm Feigheit vorgeworfen. Er sprach nur von den Römern; Vitellius hatte ihm von seinen Kriegsplänen nichts anvertraut. Nach seiner Vermutung war er mit Cajus befreundet, den Agrippa häufig sah; und er selbst würde in die Verbannung geschickt werden, oder vielleicht würde man ihn ermorden.

Mit verächtlicher Nachsicht versuchte Herodias ihn zu beruhigen. Schließlich holte sie aus einem Kästchen eine sonderbare, mit dem Profil des Tiberius verzierte Medaille. Das genügte, die Liktoren erbleichen und die Anklagen hinfällig zu machen.

Antipas, vor Dankbarkeit gerührt, fragte, woher sie sie habe.

"Man hat sie mir geschenkt", entgegnete sie.

Gegenüber, unter einem Türvorhang, schob sich ein nackter Arm hervor, ein jugendlicher, entzückender, wie von Polyklet in Elfenbein geschnitzter Arm. Etwas linkisch und doch anmutig fuhr er durch die Luft, um eine Tunika zu fassen, die auf einem Schemel an der Wand liegengeblieben war.

Eine alte Frau reichte sie behutsam hinein, die Vorhänge auseinanderschlagend.

Dem Tetrarchen kam eine Erinnerung, die er nicht zu deuten wußte.

"Gehört diese Sklavin dir?"

"Was kümmert dich das?" erwiderte Herodias.

III

Die Gäste füllten den Festsaal.

Er hatte, wie eine Basilika, drei Schiffe, von Säulen aus Sandelholz voneinander getrennt, deren bronzene Kapitelle mit Skulpturen verziert waren. Zwei durchbrochene Galerien lagen darüber; und eine dritte aus Goldgeflecht wölbte sich im Hintergrund gegenüber einem ungeheuren Bogen, der sich am andern Ende öffnete.

Auf den Tischen, die in der ganzen Länge des Schiffes aufgereiht standen, bildeten brennende Kandelaber Flammenbüsche zwischen den bemalten Tonschalen und den Kupferschüsseln, zwischen den Eiswürfeln und den Bergen von Weintrauben; aber angesichts der Höhe der Decke verlor sich dieser rötliche Glanz stufenweise nach oben, wo, wie Sterne in der Nacht, durch die Zweige leuchtende Punkte flimmerten. Durch die Öffnung des großen Bogens erblickte man Fackeln auf den Terrassen der Häuser, denn Antipas feierte seine Freunde, sein Volk und alle, die gekommen waren. Sklaven, flink wie Hunde, die Füße in Filzsandalen, liefen mit Schüsseln umher.

Der Tisch des Prokonsuls befand sich unter der vergoldeten Galerie auf einer Erhöhung aus Sykomorendielen. Babylonische Teppiche bildeten eine Art von Zelt um ihn herum. Drei Elfenbeinlager, eins in der Mitte und zwei auf den Seiten, dienten Vitellius, seinem Sohne und Antipas; und der Prokonsul befand sich in der Nähe der Tür auf der linken, Aulus auf der rechten Seite, der Tetrarch in der Mitte. Er trug einen schweren schwarzen Mantel, dessen Gewebe unter farbigen Besätzen verschwand, hatte Schminke auf den Wangen, den Bart in Fächerform und blauen Puder im Haar, das ein Diadem aus Edelsteinen zusammenhielt. Vitellius hatte sein purpurnes Wehrgehänge umbehalten, welches diagonal über eine Linnentoga fiel. Aulus hatte sich die Ärmel seines violetten, silberdurchwirkten seidenen Gewandes im Rücken zusammenknoten lassen. Die Locken seines Kopfputzes bildeten Stufen, und ein Halsband aus Saphiren funkelte auf seiner Brust, die fett und weiß wie die eines Weibes war. Neben ihm saß auf einer Matte mit gekreuzten Beinen ein Kind von großer Schönheit, das fortwährend lächelte. Er hatte es in den Küchen gesehen, konnte es nicht mehr missen, und da es ihm Mühe machte, seinen chaldäischen Namen zu behalten, nannte er es einfach: "Asiaticus". Von Zeit zu Zeit streckte er sich auf dem Triklinium aus. Dann schauten seine nackten Füße in die Versammlung.

Auf dieser Seite befanden sich die Priester und die Offiziere des Antipas, Einwohner aus Jerusalem, die Vornehmsten aus den griechischen Städten, und unterhalb des Prokonsuls Marcellus mit den Zöllnern, Freunde des Tetrarchen, Persönlichkeiten aus Kana, Ptolemais, Jericho; dann durcheinander Bergbewohner aus dem Libanon und die alten Soldaten des Herodes: zwölf Thraker, ein Gallier, zwei Germanen, Gazellenjäger, Hirten aus Idumäa, der Sultan von Palmyra, Seeleute aus Eziongaber. Jeder hatte eine Art Fladen aus weichem Teig, um sich daran die Finger abzuwischen; und die Arme, die sich wie Geierhälse vorstreckten, griffen nach Oliven, Pistazien, Mandeln. Alle Gesichter schauten fröhlich drein unter ihren Blumenkränzen.

Die Pharisäer hatten diese als römische Unsitte zurückgewiesen. Sie schauderten, als man sie mit Galbanum und Weihrauch besprengte, einer Mischung, die für die Handlungen im Tempel vorbehalten war. Aulus rieb damit seine Achsel ein; und Antipas versprach ihm eine ganze Ladung davon, nebst drei Körben von jenem echten Balsam, welcher Kleopatras Begehren nach Palästina geweckt hatte. Ein Hauptmann seiner Besatzung von Tiberias, der gerade angekommen, hatte sich hinter ihn gesetzt, um ihn über besondere Ereignisse zu unterrichten. Aber seine Aufmerksamkeit schwankte zwischen dem. Prokonsul und dem, was man an den benachbarten Tischen sagte. Man plauderte dort von Jochanaan und Leuten seiner Art; Simon aus Gittaim tilgte die Sünden mit Feuer. Ein gewisser Jesus...

"Der Schlimmste von allen", schrie Eleazar. "Was für ein gemeiner Possenreißer!"

Hinter dem Tetrarchen erhob sich ein Mann, bleich wie der Saum seiner Chlamys. Er stieg von der Erhöhung herunter und wandte sich an die Pharisäer:

"Das ist gelogen! Jesus tut Wunder!"

Antipas wünschte solche zu sehen.

"Du hättest ihn mitbringen sollen! Laß hören!"

Da erzählte er, daß er, Jakob, eine kranke Tochter gehabt und sich deshalb nach Kapernaum begeben, um den Meister anzuflehen, daß er sie heilen möge. Der Meister habe geantwortet: "Kehre in dein Haus zurück, sie ist geheilt!" Und er hatte sie auf der Schwelle gefunden, denn sie hatte ihr Lager verlassen, als die Sonnenuhr des Palastes die dritte Stunde zeigte, im selben Augenblick, da er Jesus angesprochen.

Gewiß, wandten die Pharisäer ein, gäbe es Kunstgriffe, Kräuter von außerordentlicher Wirkung! Eben hier in Machärus fände sich manchmal das Baaras, das unverwundbar macht; doch heilen, ohne zu sehen noch zu berühren, sei ein unmögliches Ding, es sei denn, Jesus stehe mit Dämonen im Bunde.

Und die Freunde des Antipas, die Vornehmsten von Galiläa, wiederholten, den Kopf schüttelnd:

"Dämonen, natürlich."

Jakob, der zwischen ihrem Tisch und dem der Priester stand, hüllte sich in stolzes, sanftmütiges Schweigen.

Sie forderten ihn auf, zu sprechen: "Gib uns Beweise seiner Macht!"

Er krümmte die Schultern, und mit leiser Stimme, langsam, sagte er, wie vor sich selbst erschreckend:

"Ihr wißt also nicht, daß er der Messias ist?"

Die Priester schauten sich an; und Vitellius verlangte eine Erklärung dieses Wortes. Es verging eine Minute, ehe sein Dolmetscher antwortete.

Sie nannten so einen Befreier, welcher ihnen den Genuß aller Güter und die Herrschaft über alle Völker bringen würde. Einige behaupteten sogar, daß man ihrer zwei erwarten müsse. Der erste würde durch Gog und Magog, die Dämonen des Nordens, besiegt werden; doch der andere werde den Fürsten des Bösen ausrotten; und seit Jahrhunderten erwarteten sie ihn, in jedem Augenblick.

Nachdem die Priester sich untereinander verständigt hatten, nahm Eleazar das Wort.

Zunächst würde der Messias Davids Kind sein, und nicht dasjenige eines Tischlers; er würde das Gesetz bestätigen. Dieser Nazarener griff es an; und was noch mehr ins Gewicht fiel, es mußte die Ankunft des Elias vorausgehen.

Jakob erwiderte:

"Aber er ist gekommen, Elias!"

"Elias! Elias!" wiederholte die Menge bis zum andern Ende des Saales.

Alle sahen in Gedanken einen Greis in einem Schwarm von Raben, den Blitz, der den Altar in Brand setzte, götzendienerische Priester, die man in die Fluten geworfen; und die Frauen auf den Galerien dachten an die Witwe von Sarepta.

Jakob ließ nicht ab, zu wiederholen, daß er ihn kenne! Er habe ihn gesehen! und das Volk auch!

"Sein Name?"

Da schrie er aus allen Kräften:

"Jochanaan!"

Antipas fiel hintenüber, wie in die Brust getroffen. Die Sadduzäer hatten sich auf Jakob gestürzt. Eleazar schrie, um sich Gehör zu verschaffen.

Als die Ruhe wiederhergestellt war, hüllte er sich in seinen Mantel und stellte Fragen, wie ein Richter.

"Da der Prophet tot ist ..."

Gemurmel unterbrach ihn. Man glaubte, daß Elias nur verschwunden sei.

Er wandte sich wütend gegen die Menge, und sein Verhör fortsetzend:

"Du nimmst an, daß er auferstanden ist?"

"Warum nicht?" sagte Jakob.

Die Sadduzäer zuckten die Achseln; Jonathas riß seine kleinen Augen auf und zwang sich, wie ein Spaßvogel zu lachen. Nichts dümmer, als wenn der Körper auf das ewige Leben Anspruch machte; und er zitierte dem Prokonsul folgenden Vers eines zeitgenössischen Dichters:

Nec crescit, nec post mortem durare videtur.

Doch Aulus hing über den Rand des Trikliniums, die Stirn in Schweiß, das Gesicht grün, die Fäuste auf dem Magen.

Die Sadduzäer heuchelten große Besorgtheit – am nächsten Tag wurde ihnen das Opferpriesteramt zurückgegeben –, Antipas gab seiner Verzweiflung Ausdruck; Vitellius blieb unberührt. Seine Angst jedoch war groß; mit seinem Sohn verlor er sein Vermögen.

Aulus hatte noch nicht aufgehört, sich zu erbrechen, als er schon wieder essen wollte.

"Man bringe mir geriebenen Marmor, Schiefer aus Naxos, Meerwasser, irgend etwas! Wenn ich ein Bad nähme?"

Er knabberte an einem Eis, dann entschied er sich, nachdem er zwischen einer Schüssel Kommagene und rosigen Amseln geschwankt hatte, für Kürbisse in Honig. Asiaticus betrachtete ihn mit Bewunderung, denn diese Fähigkeit zu schlingen verriet ein wunderbares Wesen höherer Art.

Man trug Stierennieren, Springmäuse, Nachtigallen, Hackfleisch in Weinblättern auf; und die Priester stritten über die Auferstehung. Ammonius, ein Schüler des Platonikers Philon, hielt sie für dumm, und er sagte das zu Griechen, die sich über die Orakel lustig machten. Marcellus und Jakob hatten sich zueinander gesellt. Der erste erzählte dem zweiten von dem Glücksgefühl, das er bei der Taufe der Mithra empfunden habe, und Jakob drängte ihn, Jesus nachzufolgen. Die Palmen- und Tamariskenweine und die von Safet und Byblos ergossen sich aus den Amphoren in die Mischkrüge, von den Mischkrügen in die Schalen, von den Schalen in die Kehlen; man schwatzte, die Herzen strömten über. Jachim, obgleich Jude, verbarg seine Verehrung für die Sterne nicht länger. Ein Kaufmann aus Apheka setzte die Nomaden in Staunen, indem er ihnen die Wunder des Tempels von Hierapolis einzeln beschrieb; und sie fragten, wieviel die Pilgerfahrt kosten würde. Andere hielten an der Religion ihrer Heimat fest. Ein fast gänzlich erblindeter Germane sang eine Hymne, die jenes Vorgebirge Skandinaviens verherrlichte, wo die Götter in ihren strahlenden Gestalten erscheinen; und Leute aus Sichem weigerten sich, Turteltauben zu essen, aus Ehrfurcht vor der Taube Azima.

Mehrere plauderten stehend, inmitten des Saales, und der Dunst des Atems bildete, zusammen mit dem Rauch der Kandelaber, einen Nebel in der Luft. Phanuel schlich die Mauern entlang. Er hatte soeben wieder den Sternenhimmel beobachtet, aber er schritt nicht bis zum Tetrarchen heran, da er Ölflecke fürchtete, die für die Essäer etwas sehr Unreines sind.

Stöße dröhnten gegen das Tor des Palastes.

Man wußte jetzt, daß man Jochanaan hier gefangenhielt. Männer mit Fackeln erklommen den Pfad, eine schwarze Masse wimmelte in der Schlucht; und von Zeit zu Zeit heulten sie: "Jochanaan! Jochanaan!"

"Er stört alles!" sagte Jonathas.

"Man wird kein Geld mehr bekommen, wenn er so weitermacht!" fügten die Pharisäer hinzu.

Und Beschuldigungen wurden laut:

"Schütze uns!"

"Man mache ein Ende!"

"Du läßt die Religion im Stich!"

"Gottlos wie die Herodier!"

"Weniger als Ihr!" erwiderte Antipas. "Es war mein Vater, der Euren Tempel errichtet hat!"

Da beschuldigten die Pharisäer, die Söhne der Geächteten, die Anhänger der Matathias den Tetrarchen der Verbrechen an seiner Familie.

Sie hatten spitze Schädel, struppige Barte, schwächliche, üble Hände oder stumpfnasige Gesichter, große, runde Augen und den Ausdruck von Bulldoggen. Ein Dutzend von ihnen, Schreiber und Diener der Priester, die sich von den Überresten der Brandopfer nährten, drangen bis zum Fuß der Erhöhung; und mit Messern bedrohten sie Antipas, der zu ihnen sprach, während die Sadduzäer ihn lustlos verteidigten. Er bemerkte Mannäi und machte ihm ein Zeichen, sich zu entfernen, da Vitellius durch seine Ruhe zu erkennen gab, daß ihn diese Dinge nichts angingen.

Die Pharisäer, die auf ihren Triklinien geblieben waren, gerieten in eine teuflische Wut. Sie zerschlugen die vor ihnen stehenden Teller. Man hatte ihnen eine Lieblingsspeise des Mäcenas aufgetragen, Ragout von wildem Esel, ein unreines Fleisch.

Aulus verspottete sie wegen des Eselskopfes, den sie, wie man sagte, verehrten; und wegen ihrer Abneigung gegen das Schwein mußten sie weitere Sticheleien von ihm einstecken. Der Grund war gewiß der, daß dieses dicke Tier ihren Bacchus getötet hatte; und den Wein liebten sie zu sehr, da man ja im Tempel eine goldene Rebe entdeckt hatte.

Die Priester verstanden seine Worte nicht. Phineas, von Geburt ein Gallier, schlug es ab, sie zu übersetzen. Da geriet er in unbändigen Zorn, um so mehr, als Asiaticus, von Furcht erfaßt, sich davongemacht hatte; auch mißfiel ihm das Mahl, denn die Gerichte seien gewöhnlich, durchaus ungenügend zubereitet! Er beruhigte sich, als er syrische Lämmerschwänze, wahre Fettpakete, gewahrte.

Der Charakter der Juden kam Vitellius häßlich vor. Ihr Gott mochte sehr wohl jener Moloch sein, dessen Altäre er unterwegs angetroffen hatte; und die Kinderopfer kamen ihm ins Gedächtnis zurück, zusammen mit der Geschichte jenes Mannes, den sie auf geheimnisvolle Weise mästeten. Sein

Herz, das Herz eines Lateiners, schwoll von Ekel vor ihrer Unduldsamkeit, ihrer bilderstürmerischen Raserei, ihrer Vertiertheit. Der Prokonsul wollte aufbrechen. Aulus widersetzte sich.

Mit bis zu den Hüften herabgestreiftem Gewand lag er hinter einem Berg von Eßwaren, zu vollgepfropft, um mehr davon zu nehmen, aber eigensinnig darauf bestehend, sich nicht davon zu trennen.

Die Erregung des Volkes wuchs. Sie gaben sich Unabhängigkeitsplänen hin. Man rief sich den Ruhm Israels in Erinnerung. Alle Eroberer waren bestraft worden: Antigonos, Crassus, Varus ...

"Diese Elenden!" sagte der Prokonsul, denn er verstand syrisch; sein Dolmetscher diente nur dazu, ihm Muße zur Antwort zu lassen.

Schnell zog Antipas die Medaille des Kaisers hervor, und ihn zitternd beobachtend, hielt er sie ihm, mit dem Bild nach oben, hin.

Plötzlich gingen die Flügel der goldenen Galerie auf; und im Glanz der Kerzen, zwischen Sklavinnen und Gewinden von Anemonen erschien Herodias, – von einer assyrischen Mitra geschmückt, die ein Kinnband auf ihrem Haupte hielt; ihr gelocktes Haar rieselte auf ein Scharlachgewand hinab, das der Länge der Ärmel nach geschlitzt war. Zwei steinerne Ungeheuer, denen des Schatzhauses der Atriden ähnlich, erhoben sich an der Tür, derart, daß sie der auf ihre Löwen gelehnten Kybele glich; und vom Geländer herunter, das über Antipas schwebte, rief sie, eine Opferschale in der Hand:

"Lang lebe Cäsar!"

Die Huldigung wurde von Vitellius, Antipas und den Priestern wiederholt.

Aber aus dem Hintergrund des Saales wälzte sich ein Gemurmel der Überraschung und Bewunderung heran. Ein junges Mädchen war eben eingetreten.

Durch einen bläulichen Schleier, der ihr Brust und Haupt verbarg, nahm man den Schwung ihrer Brauen, die Chalzedone in ihren Ohren, die Weiße ihrer Haut wahr. Ein taubengraues Seidentuch bedeckte ihre Schultern und wurde in den Hüften von einem Gürtel aus geschmiedetem Golde festgehalten. Ihre schwarzen Beinkleider waren mit Alraunen besät, und lässig ließ sie ihre kleinen Pantoffeln aus Kolibriflaum klappern.

Auf der Erhöhung legte sie ihren Schleier ab. Es war Herodias, wie einst in ihrer Jugend. Dann begann sie zu tanzen.

Ihre Füße flogen, einer vor dem andern, dahin, zum Klang der Flöte und zweier Klappern. Ihre runden Arme schienen jemanden zu rufen, der immer wieder entfloh. Sie verfolgte ihn, leichter als ein Schmetterling, wie eine sehnsüchtige Psyche, wie eine schwärmende Seele, immer bereit zu entfliegen.

Die düsteren Töne der Gingras ersetzten die Klappern. Mutlosigkeit hatte die Hoffnung abgelöst. Ihre Gebärden drückten Seufzer aus, und ihre ganze Person ein so sehnsüchtiges Verlangen, daß man nicht wußte, ob sie einen Gott beweinte oder in seiner Liebkosung verging. Mit fast geschlossenen Lidern drehte sie sich in den Hüften, rollte sie ihren Bauch in wogenden Bewegungen, ließ sie ihre beiden Brüste hüpfen. Ihr Gesicht blieb unbewegt, doch ihre Füße kamen nicht zur Ruhe.

Vitellius verglich sie Mnester, dem Pantomimen. Aulus erbrach sich noch immer. Der Tetrarch verlor sich in einem Traum und dachte nicht mehr an Herodias. Dann glaubte er sie in der Nähe der Sadduzäer zu erblicken. Die Vision entschwand.

Aber es war keine Vision. Sie hatte Salome, ihre Tochter, fern von Machärus erziehen lassen, damit der Tetrarch sie liebe; und der Gedanke war gut gewesen. Jetzt war sie dessen sicher!

Dann war es Liebesraserei, die gestillt sein will. Sie tanzte wie die Priesterinnen Indiens, wie die Nubierinnen von den Katarakten, wie die Bacchantinnen Lydiens. Sie bog sich nach allen Seiten gleich einer Blume, die der Sturm schüttelt. Die Brillanten an ihren Ohren hüpften, das Gewebe auf ihrem Rücken schillerte; ihre Arme, ihre Füße, ihr Gewand sprühten unsichtbare Funken, die die Männer entflammten. Eine Harfe erklang; die Menge antwortete mit Beifall. Ohne die Knie zu biegen, krümmte sie sich, die Beine spreizend, so fest, daß sie mit dem Kinn den Boden berührte;

und die an Enthaltsamkeit gewöhnten Nomaden, die in Ausschweifungen erfahrenen römischen Soldaten, die geizigen Zöllner, die alten, in ihren Streitigkeiten versauerten Priester, sie alle blähten ihre Nüstern und bebten vor Begierde.

Dann wirbelte sie um den Tisch des Antipas, in toller Raserei, wie in einem Hexentanz; und mit einer Stimme, die von Schluchzern der Wollust unterbrochen wurde, sagte er zu ihr: "Komm! Komm!" Sie wirbelte weiter; die Pauken dröhnten zum Zerspringen, die Menge brüllte. Doch der Tetrarch schrie noch lauter: "Komm! komm! Du sollst Kapernaum haben! die Ebene von Tiberias! Meine Festungen! die Hälfte meines Königreichs!"

Sie warf sich auf die Hände, die Fersen in die Luft gestreckt, und lief so wie ein großer Käfer über die Erhöhung; und hielt plötzlich ein.

Ihr Nacken und ihre Wirbel bildeten einen rechten Winkel. Die farbigen Schleier, die ihre Beine bedeckt hatten, fielen wie Regenbögen über ihre Schultern und umrahmten ihr Gesicht, eine Elle über dem Boden. Ihre Lippen waren bemalt, ihre Brauen kohlschwarz, ihre Augen beinahe schrecklich, und die Tröpfchen auf ihrer Stirn waren wie Dampf auf weißem Marmor.

Sie sagte nichts. Sie schauten sich an.

Ein Fingerschnalzen war von der Galerie zu vernehmen. Sie stieg hinauf, erschien wieder, und ein wenig lispelnd, mit kindlicher Miene sprach sie folgende Worte:

"Ich will, daß du mir gibst auf einer Schüssel den Kopf ..." Sie hatte den Namen vergessen, fuhr aber gleich lächelnd fort: "Den Kopf Jochanaans!"

Der Tetrarch sank, gebrochen, in sich zusammen.

Er war durch sein Wort gebunden, und das Volk wartete. Vielleicht wurde der ihm prophezeite Tod von ihm abgewendet, wenn er nun einen andern traf? Wenn Jochanaan wirklich Elias war, so konnte er ihm entgehen; war er es nicht, so war der Mord nicht weiter von Bedeutung.

Mannäi stand an seiner Seite und verstand seine Absicht.

Vitellius rief ihn heran, um ihm das Losungswort anzuvertrauen, denn Wachen hüteten die Grube.

Das war eine Erleichterung. In einer Minute würde alles zu Ende sein!

Mannäi indessen arbeitete nicht so schnell.

Verstört kam er zurück.

Seit vierzig Jahren versah er das Amt des Henkers. Er hatte Aristobulos ertränkt, Alexander erwürgt, Matathias lebendig verbrannt, Zosimus, Pappus, Joseph und Antipater enthauptet; und er wagte es nicht, Jochanaan zu töten! Seine Zähne klapperten, sein ganzer Körper zitterte.

Er hatte vor der Grube den Großen Engel der Samariter gesehen, welcher ganz mit Augen bedeckt gewesen war und ein ungeheures, rotes, wie eine Flamme gezacktes Schwert geschwungen hatte. Zwei Soldaten, die er als Zeugen mitgebracht, konnten es bekräftigen.

Sie hatten jedoch nichts gesehen, außer einem jüdischen Hauptmann, der sich auf sie gestürzt hatte, und der nun nicht mehr lebte.

Die Wut der Herodias entlud sich in einer Flut von gemeinen, blutigen Verwünschungen. Sie brach sich die Nägel am Gitter der Galerie, und die beiden Löwen aus Stein schienen in ihre Schultern zu beißen und mit ihr zu brüllen.

Antipas machte es ihr nach, die Priester, die Soldaten, die Pharisäer, alle verlangten Rache, und die übrigen waren entrüstet, daß man ihnen ihr Vergnügen vorenthielt.

Mannäi ging hinaus, sein Gesicht verhüllend.

Den Gästen schien die Zeit noch länger als beim ersten Male. Man langweilte sich.

Plötzlich widerhallte ein Geräusch von Schritten in den Gängen. Das Unbehagen wurde unerträglich.

Da erschien der Kopf – Mannäi hielt ihn mit ausgestrecktem Arm an den Haaren, stolz über den Beifall.

Als er ihn auf eine Platte gelegt hatte, reichte er ihn Salome.

Sie stieg hurtig auf die Galerie; nach einigen Minuten wurde der Kopf von derselben alten Frau zurückgebracht, die der Tetrarch am Morgen auf der Terrasse eines Hauses und später im Zimmer der Herodias bemerkt hatte.

Er wandte sich ab, um ihn nicht zu sehen. Vitellius warf einen gleichgültigen Blick darauf.

Mannäi stieg von der Erhöhung herab und zeigte ihn allen römischen Hauptleuten vor, darauf allen, die auf dieser Seite speisten.

Sie betrachteten ihn aufmerksam.

Die scharfe Klinge der Waffe hatte von oben nach unten gleitend den Kiefer durchschnitten. Ein Krampf verzog die Mundwinkel. Blut, das schon geronnen, klebte im Barte. Die geschlossenen Lider waren bleich wie Muscheln; und die Leuchter im Umkreis strahlten.

Er gelangte an den Tisch der Priester. Einer der Pharisäer drehte ihn neugierig um; und nachdem Mannäi ihn wieder zurechtgerückt hatte, stellte er ihn vor Aulus hin, der davon erwachte. Durch die geöffneten Wimpern schienen sich die toten Augen und die erloschenen Augen etwas zu sagen.

Dann reichte ihn Mannäi Antipas. Tränen liefen über die Wangen des Tetrarchen.

Die Fackeln erloschen. Die Geladenen brachen auf; und nur Antipas blieb im Saal zurück, die Hände an den Schläfen und fortwährend den abgeschlagenen Kopf betrachtend, während Phanuel, inmitten des großen Schiffes stehend, mit erhobenen Armen Gebete murmelte.

In dem Augenblick, wo sich die Sonne erhob, trafen zwei Männer, die vormals von Jochanaan ausgesandt waren, mit der so lange ersehnten Antwort ein.

Sie vertrauten sie Phanuel an, den sie dadurch in Entzücken versetzten.

Dann zeigte er ihnen den schauerlichen Gegenstand auf der Platte, zwischen den Überresten des Gelages. Einer der Männer sagte zu ihm:

"Tröste dich! Er ist zu den Toten hinabgestiegen, um Christus zu verkündigen!"

Der Essäer begriff jetzt diese Worte: "Damit er wachse, muß ich vergehen."

Und alle drei gingen, nachdem sie den Kopf Jochanaans an sich genommen hatten, in Richtung Galiläa davon.

Da er sehr schwer war, trugen sie ihn abwechselnd.